LUZIFER
VERLAG

101 GEDANKEN AN TOM

GABRIELE HASMANN

LUZIFER VERLAG

Deutsche Erstausgabe

www.luzifer-verlag.de

Umschlaggestaltung: Michael Schubert | Luzifer-Verlag
Lektorat: Karla Seedorf

ISBN: 978-3-95835-509-5

Dieses Buch wurde nach Dudenempfehlung (Stand 2020) lektoriert.

Bibliografische Information der Deutschen Nationalbibliothek:
Die Deutsche Nationalbibliothek verzeichnet diese Publikation in der Deutschen Nationalbibliografie; detaillierte bibliografische Daten sind im Internet über ***http://dnb.d-nb.de*** abrufbar.

Mädchen, kannst du ewig hassen?
Verzeiht gekränkte Liebe nie?

FRIEDRICH VON SCHILLER

(1759–1805, deutscher Arzt, Philosoph, Historiker, Dramatiker und Lyriker. Aus: »Don Carlos«, Drama, 1787. 4. Akt, 15. Auftritt, Don Carlos zur Prinzessin von Eboli)

EINLEITUNG

Vielleicht kennen auch Sie solche oder ähnliche Situation, um die es in diesem Buch geht: Sie wurden von Ihrem Freund wegen einer anderen Frau verlassen und sind einerseits tieftraurig über den Verlust Ihres Partners, zugleich aber auch voller Hass auf das neue Glück der treulosen Kanalratte – und auf die Tussi, die es gewagt hat, eine vermeintlich funktionierende Beziehung zu zerstören.

Doch in der folgenden Geschichte geht es nicht um Sie, sondern um eine junge Frau namens Jerry, die nach der Trennung von Tom unter entsetzlichem Liebeskummer leidet und alles dafür tun würde, um den mittlerweile verabscheuten Mann zu vergessen.

Begleiten Sie Jerry auf ihrer Reise und erleben Sie mit ihr eine total verrückte Zeit und das größte Abenteuer ihres Lebens.

Genießen Sie die Zeit mit Jerry und ihren Freunden – so wie ich beim Niederschreiben dieser verrückten Story!

Herzlichst,
Ihre Gabriele Hasmann

TAG 13:

Ein Morgen wie jeder andere der zwölf davor

Scheiße, denke ich im ersten Moment; im zweiten, dass ich üblicherweise nicht sofort nach dem Aufwachen fluche – weder laut noch stumm.

Mein Name ist Jule, Spitzname Jerry. Ich bin 27 Jahre alt, von Beruf Journalistin und wurde vor zwölf Tagen und … Moment, ich muss auf die Uhr schauen … elf Stunden von meinem Freund verlassen. Thomas, Rufname Tom, 32 Jahre alt, war scharf gewesen auf eine schlanke Blondine mit riesigem Silikonbusen und prallem Hinterteil und damit so ziemlich das Gegenteil von mir. Und dieses lebende Klischee hat ihn nach dem Seitensprung noch in derselben Nacht mit ihrem Liebesgesäusel um den Finger gewickelt und zum Bleiben überredet. Ihren Namen wollte ich nie wissen, habe ihn dann aber doch versehentlich erfahren: Fabienne!

Keine Sorge, Sie müssen jetzt kein Bild im Kopf malen, auf dem ich im Bett neben mich greife in der flüchtigen Hoffnung, mein Freund läge wieder neben mir und alles wäre nur ein böser Traum gewesen. Ebenso wenig brauchen Sie sich vorzustellen, wie ich mit hängenden Mundwinkeln und steiler Falte zwischen den Augenbrauen auf die Stelle starre, wo Tom noch bis vor Kurzem das Laken wärmte. Ich beginne auch nicht zu weinen, sobald der Phantomschmerz einsetzt, weil mir die pelzige Männerbrust an meiner Seite fehlt. Wir sind doch nicht in Hollywood!

Kennen Sie auch diese Filmszenen, in welchen die Hauptdarstellerin nach der ersten gemeinsamen Liebesnacht beim Herumtasten auf der anderen Matratzenhälfte mit dämlich-verklärtem Gesichtsausdruck eine dornenlose Rose und eine Nachricht vorfindet? Diese symbolträchtige Geste bedeutet: Die Frau kann fast sicher sein, dass der Mann nur frische Brötchen holen gegangen ist und nicht das letzte Mal das Bett mit ihr geteilt haben wird. Die weit ungünstigere Ausgangssituation besteht beim Auffinden eines Zettels mit den hastig darauf gekritzelten Worten: *Du hast einen Besseren verdient, daher muss ich gehen.* Im Falle einer solchen Situation sieht die Dramaturgie vor, dass sich die betreffende Schauspielerin kurz darauf gemeinsam mit ihren besten Freunden in ihr kleines rotes Auto quetscht, mühelos das Taxi mit ihrem Liebsten an Bord ausfindig macht, es in halsbrecherischer

Geschwindigkeit – dabei jedes Ampelrot und sämtliche Einbahnstraßen ignorierend – bis zum Flughafen verfolgt, um den Typen dann in letzter Sekunde abzufangen, bevor der eine Maschine nach Rio de Janeiro besteigt und für immer aus ihrem Leben verschwindet.

Also, ich würde nie … Sie etwa? Aber ich habe ja auch kein rotes Auto … und außerdem eine Heidenangst vor Verkehrsunfällen.

Doch zurück zum fehlenden warmen Körper. Der meines Ex-Freundes liegt seit genau zwölf Nächten nicht mehr bei mir, sondern neben zwei Gummititten. Und wäre derselbe mittlerweile schon kalt und steif, würde mich das nicht weiter tangieren. Natürlich, ohne dass ich diesen Zustand verursacht hätte, denn zum Morden habe ich kein Talent. Ich bin furchtbar ungeschickt, rutsche ständig ab und aus, schütte mir regelmäßig diverse Flüssigkeiten über die Kleidung – was im Moment von Toms Exekution alles schiefgehen könnte, will ich mir gar nicht erst vorstellen.

Meine Mutter sagt häufig: »Kind, konzentriere dich auf das Positive, auch in deinen schlimmsten Momenten!« Sind Sie auch so ein gnadenloser Optimist? Der selbst, wenn er sich vor Wut ankotzen möchte, noch der Sonne entgegenlächelt und sich freut, dass nicht er, sondern andere Menschen eine tödliche Krankheit in sich tragen? Der froh ist, genug zu essen zu haben, während woanders Kinder verhungern?

Schön, ich kann ja einmal versuchen, dem gegenwärtigen Dilemma zumindest einen Vorteil abzugewinnen … Ich hab's: Es riecht jetzt nicht mehr in meinem, sondern im Schlafzimmer der Kontrahentin jeden Morgen so käsig wie nach Sex mit Micky Maus. Darüber hinaus kann ich wirklich froh sein, dass mein Ex-Freund aus unserer gemeinsamen Wohnung ausgezogen und bei der Plastiksexpuppe für Geizkragen eingezogen ist – mehr Platz für mich! Blöd nur, dass ich jetzt die Miete allein aufbringen muss, aber das Fehlen von Toms schalem Morgenatem gleich nach dem Aufwachen hat eben seinen Preis.

Vom Gedankenwälzen im stillen Selbstgespräch bin ich dreizehn Minuten nach dem Aufwachen schon wieder müde. Trotzdem beschließe ich, aufzustehen. Nach fünfzehn Stunden Schlaf am Stück ist das vermutlich das Beste. Wie Tom mir den Buckel hinunter kann, rutsche ich langsam in meinen bunten Einhorn-Socken Richtung Bad, eine handfeste Depression mit mir herumschleppend. Lasse ich den Kopf noch weiter absinken, radiert vermutlich meine Nase über den Boden. Typischer Morgenkater, nur ohne Alkohol. Anders ausgedrückt, ich bin stocksauer auf mein Schicksal und habe eine beschissene Laune.

Missmutig, um eine weitere Umschreibung für meinen Istzustand zu strapazieren, ändere ich die Richtung und schlurfe mit fast geschlossenen Augen in die Küche. In den eigenen vier Wänden kann ich mich dankenswerterweise auf meinen Orientierungssinn verlassen, in fremden

Wohnungen verlaufe ich mich im Normalfall sogar auf dem Weg zum WC – jedenfalls spätestens nach dem dritten Bier. Und fragen Sie mich bitte nicht, wie es mir in einem großen und verwinkelten Lokal geht, wo ich jedes Mal am liebsten wie Gretel Brotkrumen streuen würde, um ohne Umwege von den Toiletten zurück zu meinen Freunden zu finden.

Ich schalte die Kaffeemaschine ein und höre anstatt des üblichen gemütlichen Brummens ein hektisches Surren, so als würde das Gerät jeden Moment wie eine aufgeregte Drohne von ihrem Standplatz abheben.

»Nur die Ruhe, Schwester«, krächze ich mit meiner schönsten Morgenstimme und tätschle das auberginefarbene Gehäuse. »Zick jetzt bloß nicht herum, sonst tausche ich dich aus!«, warne ich es anschließend böse grinsend. Bei diesem plumpen Einschüchterungsversuch handelt es sich dennoch um keine leere Drohung. Tatsächlich schlummert in den Tiefen meines Küchenkastens eine zweite Maschine, identisch mit der, die nach einem leisen Zischen endlich gluckernd meinen Morgenkaffee produziert. Ich habe die Angewohnheit, wenn etwas gut und billig ist, diesen Gegenstand sofort ein zweites Mal zu kaufen.

Tom hat mich auch einfach ausgetauscht, assoziiere ich, dabei funktioniere ich noch einwandfrei.

Der herbe Duft eines koffeinstarken schwarzen Ethiopia Abaya zieht durch den Raum, und ich erinnere mich daran, wie sehr mein Ex-Freund den Geruch von frischem Kaffee liebte. Verdammt, schon wieder so ein unseliger Flashback, der fünfte seit dem Aufwachen. Ich komme mit Sicherheit auch heute wieder, so wie jeden Tag der zwölf davor, auf zehn bis fünfzehn Gedanken, die meinen Ex-Freund betreffen und unnötigen Speicherplatz im Gehirn belegen.

Kein Wunder, dass er mich sogar nachts verfolgt, denke ich. Die Träume handeln von Reue, Vergebung und wiederhergestellter Harmonie – offenbar lässt es mein Unterbewusstsein nicht zu, im Schlaf ein Blutbad anzurichten. In meinen Visionen tagsüber hingegen funktioniert das fabelhaft!

Ich klebe meinen umherschweifenden Blick auf eine mit Affenkopfmagneten am Kühlschrank befestigte Zeichnung. Die beiden Strichmännchen, gezeichnet von der Tochter einer Freundin, stellen Tom und mich dar. Die kleine Elena hat das Bild beim letzten Grillabend angefertigt, vor drei Wochen, als ich noch nicht wusste, dass mein Ex-Freund längst Hand an eine andere Frau gelegt hatte. Das Mädchen hat es geschafft, mich mit ein paar wenigen geraden Linien und einigen Punkten wie ein Junge aussehen zu lassen. Keine Titten, null Hüfte und Akne im Gesicht.

Gierig schlürfe ich den Ethiopia Abaya, als handle es sich um ein jungbrunnenähnlich wirkendes Lebenselixier, ziehe dann mit einer ruckartigen Bewegung die

Zeichnung unter dem an der Tür des Kühlschranks haftenden Affenkopf hervor und versenke sie im Altpapierkorb. Sorry, Elena.

Die nächsten Schritte, die ich nun tun muss, damit ich nicht komplett meine Selbstachtung verliere, sind die ins Badezimmer.

Während ich die Beißerchen aus Angst vor Karies niemals vernachlässigen würde, ist es dem Rest meines Körpers in den letzten Tagen weniger gut ergangen. Aufgrund momentan nicht verpflichtend notwendiger sozialer Integration – ich habe frei, muss also nicht in die Redaktion, und besitze außerdem ausreichend Lebensmittel auf Vorrat – sehe ich recht speckig aus. Das Haar klebt in fetten Strähnen am Kopf und mein Gesicht glänzt wie traniger Fisch, der Blick in die Augen meines Spiegelbilds ist leer. Der Pyjama verströmt ein muffiges Geruchsgemisch, das ich, müsste ich es benennen, als Schweißkäsemoder bezeichnen würde. Haben Sie es jetzt auch in der Nase?

Eine Generalsanierung muss vorgenommen werden, zumindest eine des Körpers, sonst lässt sich dieser jämmerliche Zustand womöglich nicht mehr ändern und ich kann nie wieder unter Menschen gehen. Zudem will ich nicht riskieren, dass die neugierige Nachbarin glaubt, in meiner Wohnung verwest etwas. Auf meinen vernachlässigten Geist kann ich derzeit keine Rücksicht nehmen – hoffentlich verblöde ich nicht komplett. Und die Seele wird noch schlimmer verdrecken, als sie es aufgrund des

Unrats aus meiner Kindheit ohnehin schon ist. Danke, Tom, du Wichser, für dieses Elend!

Ich wasche, shampooniere und rasiere, steige wenig später lavendelduftend und mit rund einem Drittel weniger Haare am Körper aus der Dusche und wickle mich in mein flauschigstes Badetuch. Zum ersten Mal seit Tagen fühle ich mich ein bisschen wohl. Trotz des verbalen Abschusses vor zwölf Tagen – mitten ins Herz: »Jerry, ich habe mich in eine andere Frau verliebt.«

Was werde ich heute tun? Soll ich wieder einmal den Computer starten? Sicher quillt mein Mailkasten vor elektronischen Briefen schon über. Und im sozialen Netzwerk meines Vertrauens haben mir reelle und virtuelle Freunde während der Kommunikationsstoßzeit unmittelbar nach der Trennung von Tom – dieser Gedanke zählt jetzt aber eindeutig nicht, denn es handelt sich ausschließlich um eine Feststellung – wahrscheinlich bereits Hunderte Posts hinterlassen. Darunter befinden sich vermutlich zahlreiche sinnleere Fragen wie *Lebst du noch *lol*?* Oder, noch schlimmer, Trostparolen à la *Andere Mütter haben auch hübsche Söhne*. Vermutlich haben die besonders empathischen Personen sogar ein paar laientherapeutische Maßnahmen nach dem Motto *Wir gehen raus und lassen es krachen! Also melde dich!* vorgeschlagen. Übrigens habe nicht *ich* das Aus der Beziehung unserer gemeinsamen Online-Community verkündet, sondern Tom. Und der Gedanke gilt auch nicht!

Ich will den PC gar nicht hochfahren und im Posteingang nachsehen, habe keine Lust, mich zu rechtfertigen, weil ich noch lebe, nicht an andere hübsche Söhne denken mag – außer, sie würden sich in genau diesem Moment nackt und voller Sehnsucht nach mir in meinem Bett wälzen – oder zwangsbespaßt werden möchte. Da meine Aufmerksamkeitsspanne, sobald ich das Interesse auf andere Menschen richten muss, etwa der eines Regenwurms entspricht, wäre ich auch kein guter Kommunikationspartner.

Und bei Ego-Floskeln in Richtung »Weißt du, auch mir wurde schon einmal das Herz gebrochen …« würde ich spontan den Wunsch verspüren, mich zu entleiben. Deshalb gehe ich nicht ans Telefon.

Geduscht und geföhnt marschiere ich erst mal in die Küche zurück. Früher habe ich einen Kaffee und eine Zigarette gefrühstückt, doch das Rauchen hat mir Tom abgewöhnt.

Gedanke Nummer acht an den Scheißkerl seit dem Aufstehen. Sollte ich wieder damit beginnen, an mit getrocknetem Kraut gefüllten, brennenden Papierröllchen zu nuckeln? Weil's schmeckt! Oder aus Trotz. Oder einfach deshalb, weil es keinen Weltfrieden gibt. Wen interessiert schon der Grund? Was meinen Sie? Zunächst einmal beschließe ich, Tabakpflanzenschützerin zu bleiben und meinen Drogenkonsum auf Kaffee zu beschränken.

TAG 13:

Makabre Gedanken und eine Barbie für Arme

Wie werde ich den heutigen Tag verbringen? Wie oft im Laufe der quälend langsam verstreichenden Stunden meinen Ex-Freund verfluchen? Und wie häufig werde ich ihn und seine neue Freundin im Geiste massakrieren und vor dem inneren Auge dahinscheiden sehen?

Meine Fantasie in Bezug auf diese in der Vorstellung recht abwechslungsreich gestalteten Doppelmorde als blühend zu bezeichnen, wäre ironisch – meine destruktiven Visionen hinterlassen nur verbrannte Erde, in der garantiert nichts mehr gedeiht. Und ich genieße sie, meine geistig zelebrierten Bluträusche, in denen Kettensägen, Glasscherben und ätzende Säuren keine unwesentlichen Rollen spielen, ebenso wie mich reuevoll um Vergebung anflehende Opfer, die im Finale des Vergeltungsakts qualvoll verrecken.

Aber die noch viel wichtigere Frage neben der, wie oft ich in meiner Vorstellung zur Zeugin, Richterin und Henkerin in einer Person werde, ist: Wie oft würde ich heute wieder daran denken, nicht nur das Leben anderer Personen, sondern auch mein eigenes zu beenden? In den letzten zwölf Tagen geschah dies bestimmt zwanzigmal! Mindestens zehn von rund fünfzig mir eingefallenen Möglichkeiten, Selbstmord zu begehen, habe ich ernsthaft in Erwägung gezogen, die anderen vierzig könnte man als masochistische Hirnwichserei bezeichnen. Doch die verbliebenen Varianten sind durchaus praktikabel, um sich aus dem Spiel zu nehmen und vom Diesseits ins Jenseits zu befördern, auch wenn sie sicherlich nicht häufig vorkommen. Bei etwa der Hälfte davon wird das Duell mit dem Sensenmann einsam ausgetragen, die verbliebenen Versionen eignen sich dafür, als öffentliches Spektakel inszeniert zu werden.

Aber vielleicht murkse ich mich letztendlich doch mittels einer der gängigeren Arten ganz seriös ab: Ich lege zuerst die Vinylscheibe (ja, ein paar von denen existieren noch außerhalb eines Museums) mit dem Song »Gloomy Sunday« auf den Plattenspieler (ja, ich besitze so ein Ding) und mich dann in die mit warmem Wasser gefüllte Badewanne. Anschließend schneide ich mir die Pulsadern an den Handgelenken auf – klar, der Länge nach, ich bin doch kein Amateur – und blute langsam aus, bis mein Körper nur noch eine blasse Hülle ist und sich die Seele hoffentlich auf einem psychedelischen Ritt ins Universum befindet. Doch zuvor würde ich jede Menge Maiskörner essen – für die Party danach, wenn mein Leichnam, wie von mir gewünscht, in den Verbrennungsofen geschoben wird. Plopp, plopp, plopp! Übrigens, falls Sie es nicht wissen: Bei »Gloomy Sunday« handelt es sich um ein im Jahr 1933 komponiertes Lied des ungarischen Pianisten Rezső Seress, auch bekannt als »Lied der Selbstmörder«. Obwohl der melancholische Titel, den bis heute über fünfzig verschiedene Musiker interpretiert haben, von staatlicher Seite nie verboten wurde, weigerten sich früher viele Radiosender, dieses Lied zu spielen.

Doch zurück zur Entleibung. Befremdlich finde ich die Aussage mancher Suizidaler, mit ihrem Freitod niemanden belasten zu wollen. Ich denke, sogar eine Ameise würde mit ihrem Selbstmord andere Ameisen verdrießlich stimmen … Wie sollte es dann einem Menschen gelingen, von der Trauer der Angehörigen und Freunde einmal abgesehen, niemanden in Mitleidenschaft zu ziehen? Was ist mit den Leuten, welche die Leichenteile der von Dächern gesprungenen Personen aufsammeln und später zusammenpuzzeln oder nach einem Kopfschuss Blut und Hirnmasse der Lebensüberdrüssigen von den Wänden kratzen müssen? Auch wenn es zum Berufsrisiko zählt: Emotional wenig erfreulich ist der Anblick eines qualvoll gestorbenen Menschen in jedem Fall. Und unaufdringliche Todesarten, die keinen zerfetzten, von diversen

Körperflüssigkeiten besudelten oder aufgeblähten Leichnam hinterlassen, sind selten. Mir fiele zur Entlastung der involvierten Personen nur ein: sich in einer kühlen Aufbahrungshalle mit Spucklätzchen um den Hals und Windel in der Hose vergiften und im Augenblick des Todes versuchen, die schrecklichen Schmerzen zu ignorieren und einen glücklichen Gesichtsausdruck aufzusetzen. Auf diese Weise belastet man womöglich so wenig Mitmenschen wie möglich. Ansonsten … schwierig, schwierig, meinen Sie nicht auch?

Und dann wäre da noch das Testament, dessen Aufsetzung ein kniffliges Unterfangen darstellt. Ich könnte mich niemals einfach so aus dem Staub machen und mein Nachleben ungeregelt hinterlassen – so wie ich es auch nicht fertigbrächte, in den Urlaub zu fahren, ohne vorher meine Wohnung aufzuräumen. Ordnung muss sein.

Natürlich müssten in diesem Dokument nicht nur die Vererbungsanweisungen, sondern auch die Bestattungsbeziehungsweise Kompostierungswünsche meiner sterblichen Überreste festgehalten werden. Da ich mich nicht als Wurmfutter sehe, lasse ich mich in den Ofen schieben und pulverisiert irgendwo aufstellen oder eingraben. Und beim Brennen … Sie erinnern sich: plopp, plopp, plopp!

Worüber ich mir neben Selbstmordvarianten, Hinterlassenschaftsregelungen und Verfahrensvarianten mit meiner Leiche so meine Gedanken mache, sind Wiedergeburt und karmische Altlasten. Ich verspüre wenig Lust darauf, noch ein weiteres Mal einen Fuß auf diese Welt zu setzen, auf der es sich höchst unsicher existiert, man jederzeit von einem Meteoriten erschlagen, einer Springflut ersäuft oder einem Terroristen erschossen werden kann und nur die Erdanziehungskraft verhindert, dass einen das Weltall in seine unendlichen Weiten saugt. Noch dazu, wo man gar nicht weiß, als was man wieder in das irdische Leben befördert wird, womöglich als Hausstaubmilbe oder Blobfisch. Na, vielen Dank auch! Hätten Sie darauf etwa Lust? Seit Jahren versuche ich, nur noch leichtfüßig durch die Gegend zu tänzeln, damit ich nicht versehentlich einen Wurm zertrete. Keine Lust auf mieses Karma!

Ich stelle fest, dass ich immer noch in der Küche sitze und schon eine halbe Stunde lang nicht mehr an Tom gedacht habe … okay, jetzt schon … und mittlerweile kalten Kaffee schlürfe, obwohl ich die Schönheit *jetzt* auch nicht mehr brauche.

Es ist fast Mittag. Soll ich mich ins Wohnzimmer schleppen und mich vom Fernseher anplärren lassen? Bin ich schon dazu in der Lage, endlich den Artikel über die Vor- und Nachteile von Online-Dating aus der Sicht einer Frau zu verfassen, auf den Gregor, mein Redaktionschef, wartet? Wenn ich nur daran denke, diese Thematik zu betexten, möchte ich mich über die Klomuschel hängen und kotzen oder vom Balkon stürzen. Nein, ich bin eindeutig noch nicht so weit, über Flirts, Liebe und Sex zu schreiben. Vielleicht morgen. Vielleicht. Ein bisschen Zeit gibt mir mein Vorgesetzter sicher noch, außerdem bin ich offiziell bis Ende der Woche im Urlaub.

Seufzend schütte ich den Rest des Kaffees weg und stehe danach unschlüssig herum. Welchen Weg werde ich einschlagen? Den nach rechts ins Wohnzimmer oder nach links geradewegs zurück ins Bett?

Das Handy läutet.

Es ist meine Mutter, die hören will, ob ihre Tochter immer noch in Selbstmitleid badet oder schon darin ertrunken ist. Wenn ich nicht rangehe, steht sie womöglich in einer halben Stunde vor der Tür, räumt mich – meine Einwände und das ausgesprochene Zutrittsverbot ignorierend – beiseite und dann im Anschluss vermutlich die Wohnung auf. Dabei würden garantiert Worte wie »Rücksichtslosigkeit«, »Saustall« und »Katastrophe« fallen, gemurmelt selbstverständlich, damit man im Fall der Fälle abstreiten kann, so etwas jemals gesagt zu haben. Im schlimmsten aller Szenarien hätte sie eine Schüssel mit gelblichgrauer Flüssigkeit in ihrer riesigen Altfrauentasche und würde mich mit Plattitüden wie »Hühnersuppe heilt Körper und Seele« foltern. Zudem kenne ich ihre Kochkünste: Ich würde angeekelt vor der gesund und daher fettarm produzierten Plörre sitzen und feststellen, dass mehr Augen in den Teller hinein- als herausschauen.

Angesichts dieser Horrorvision gehe ich ans Telefon und melde mich mit einem fröhlichen »Hallo!«. Meine Mutter wartet etwa drei Sekunden lang, bevor sie antwortet – ich hoffe, die Pause ist nicht aus der Überraschung heraus entstanden, dass ich noch lebe.

»Kind!«, ruft sie, ebenfalls betont munter. »Wie geht es dir?« Bevor ich antworten kann, beginnt sie wie eine im Zeitlupentempo feuernde Maschinenpistole, die Eckdaten ihrer Erlebnisse der letzten beiden Tage herunterzurattern: Tante Elisabeth getroffen, Laub gerecht, Vater zum Arzt gefahren … »Und wann kommst du endlich bei uns vorbei?«, endet sie nach einer gefühlten Stunde, ohne wissen zu wollen, wie es mir geht. »Du willst doch nicht, dass Papa und ich uns noch mehr Sorgen machen, als wir das ohnehin schon tun!«

»Mama, bitte!«, entgegne ich, der Demoralisierung angesichts dieser Aussage, die als Feststellung formuliert war, nicht als Frage, trotzend.

Sie lässt einen Seufzer hören, der von einer höheren Macht Anteilnahme für dieses undankbare Kind einfordert und mir zusätzlich ein schlechtes Gewissen machen soll – erfolglos natürlich. Dort, wo andere Töchter ein sensibles Gespür für die Stimmungen ihrer Mütter entwickelt haben, existiert bei mir nur emotionale Hornhaut.

Nach dem Gespräch lege ich mit einem roten Ohr und schwachem temporären Tinnitus auf, froh, das Telefonat ohne weitere Schramme auf meiner angeknacksten Psyche hinter mich gebracht zu haben.

Aber: Ich war wieder zwanzig Minuten lang von meinem Kummer abgelenkt und musste nicht an Tom denken.

Dafür ist er jetzt wieder umso raumfüllender in meinem Kopf.

Nach erledigter Arbeit und damit einhergegangener Bekämpfung des Schamgefühls für die Müllorgie – ich hatte beispielsweise eine Deponie von rund hundert tränenfeuchten und rotzklebrigen Taschentüchern zu entsorgen – stelle ich mich ans Fenster und starre in die Tagverdunkelung. Witzig, dass die Bäume vor meinem Wohnzimmerfenster bei einbrechender Finsternis kollektiv einen Schritt nach vorne zu schreiten scheinen, als wollten sie das Haus stürmen. Der böige Herbstwind fegt durch die Landschaft, feuchte Blätter vor sich hertreibend und eines davon direkt vor meiner Nase an die Scheibe klatschend. Gleich darauf ist es mucksmäuschenstill, fast endzeitmäßig, wie vor einem jeden Moment über die Erde hereinbrechenden Inferno – ich höre nur noch, wie die Uhr an meinem Handgelenk die Sekunden aus meinem Leben tickt. Während anschließend die ersten im Mondlicht silbern schillernden Regentropfen zu Boden fallen, versuche ich, mich darauf zu konzentrieren, was in meinem Leben gut, schön und unproblematisch ist. Wirklich viel fällt mir im Moment nicht ein, was an meiner negativen Grundhaltung und Leckt-mich-alle-am-Arsch-Stimmung liegen mag.

Seit Tom weg ist, ist alles irgendwie nur halb, bemerke ich in einem Anfall von Sentimentalität. Um nicht zu sehr zu vergeistigen, beschließe ich, ab sofort die Gedanken an meinen Ex-Freund – so wie ich es heute ohnehin schon den ganzen Tag mache, ohne es mir vorgenommen zu haben – zu zählen. Erstens ist es irgendwie tröstend, zweitens habe ich dann mehr Stoff für einen Psychiater, sollte ich jemals das Bedürfnis verspüren, einen aufzusuchen. Heute waren es zwölf, stelle ich fest.

Anschließend wende ich mich vom Fenster ab, einem körperlichen Bedürfnis zu und gehe zu Bett – natürlich nicht, ohne vor dem Einschlafen ein weiteres Mal an Tom und seine Barbie für Arme denken zu müssen.

TAG 14:

Körbchengröße Fingerhütchen und ein Pudding

Als ich erwache, sticht die Sonne ihre Strahlen durchs Fenster direkt in mein Gesicht. Scheiße, kann bitte jemand diese Helligkeit abstellen! Depressive Menschen bevorzugen die Dunkelheit, lieben den Geruch nach Moder und hassen Knoblauch. Um Himmels willen, ich bin zum Vampir mutiert! Danke, Tom!

Was ist denn heute überhaupt für ein Tag, wissen Sie das vielleicht?

Ich stehe schnell auf, wobei der Vorgang dank instabilen Kreislaufs und schlafsteifer Glieder dann doch gut zwei Minuten dauert, und schlingere Richtung Küche. Kaffee, bitte! Und es ist Montag, wie ich bei einem Blick auf meinen Kalender eruiere, an dem ich jeden Tag seit der Trennung durchstreiche. Mit Augenlidern auf halbmast greife ich nach dem schwarzen Stift und zeichne mit quietschenden Linien ein weiteres großes X aufs Papier. Es steht für: Nix ist es geworden mit der großen Liebe und glücklichen Zweisamkeit bis ans Lebensende – weil mein Ex-Freund sich benehmen musste wie ein hormongesteuerter Neandertaler, der seine familiären Gene ausstreut wie der Landwirt die Saat. Na, hoffentlich fällt die nicht auf unfruchtbaren Boden, denke ich gehässig (Tom wünscht sich eine große Familie).

Bei einer lustlosen Inspektion des Kühlschranks stelle ich fest, dass er dringend wieder einmal gefüllt werden sollte. Da Verhungern nicht auf meiner Liste der fünfzig möglichen Varianten, freiwillig aus dem Leben zu scheiden, steht, werde ich einkaufen gehen müssen.

Nach einer Stunde und unzähligen vergeblichen Versuchen, wie eine Frau auszusehen, die *nicht* vor dreizehn Tagen von ihrem Freund verlassen wurde, befinde ich mich auf dem Weg zum Supermarkt. Ob die Leute um mich herum wohl ahnen, dass ich ein Vampir bin? Ich halte mein Gesicht in den aufkommenden Wind und hoffe, damit einen gewissen Straffungseffekt hinsichtlich meiner Zornesfalten erzielen zu können.

Unheil naht! Da die Nervenzellen in meinem Körper in der Lage sind, drohenden Ärger seismografisch zu erfassen, bin ich vorgewarnt, als sich ein Beben ankündigt.

Und tatsächlich, ich entdecke meinen Ex-Freund in der Menge der Fußgänger, die mir mit muffeligen Montagsgesichtern und Wochenbeginn-Stress im Blick entgegenkommen. Zum Glück ist er allein, die blonde Tussi hat er daheim gelassen. Schlagartig fühle ich mich wie eine brillentragende, pickelgesichtige Pfadfinderin mit dicken Zöpfen und Körbchengröße Fingerhütchen, die zum ersten Mal ohne Streichholz Feuer gemacht hat: hässlich, aber stolz! Doch dem relativen Hochgefühl folgt in Sekundenschnelle ein tiefer Sturz in ein vollgeschissenes Plumpsklo – so jedenfalls fühlt es sich an.

Toms Blick ruht erkennend in meinem, bevor er mich lächelnd begrüßt. Ich stemme mich gegen den Wind und lausche seinen Worten, bevor die nächste Böe sie sich greifen und forttragen kann.

»Hallo, Jerry! … Ich … es … wie geht es dir?«, beendet er sein Gestammel mit einer trivialen Frage, in der sich Mitleid, Beschwichtigung und die Bitte um Verständnis mischen. Arschloch, *du* brauchst dich nicht nach meinem Befinden erkundigen, *du* nicht. Du elender Hurensohn, ich hasse dich aus tiefstem Herzen, ich wünschte, du würdest verrecken, jetzt gleich, hier auf der Straße, vor meinen Füßen.

»Hallo, Tom. Mir geht es großartig!«, sage ich mit halbem Lächeln und überlege einen Schweißausbruch lang, wie wohl die angemessene Begrüßung eines Paars aussieht, das sich vor dreizehn Tagen getrennt hat. Er nimmt mir die Entscheidung ab und umarmt mich so vorsichtig, als wäre ich aus Glas. Vor zwei Wochen bist du noch ohne jede Hemmung auf mir herumgeritten wie auf einem Rodeo-Pferd, du Drecksack.

Ich befehle meinen Mundwinkeln, sich noch weiter zu heben – die Blöße, auch nur ansatzweise traurig auszusehen, gebe ich mir sicher nicht; auch wenn das Lächeln nicht einmal mit Kompass den Weg zu meinem Herzen finden würde.

»Mir geht es großartig«, wiederhole ich und hoffe, dass sich diese Redensart in meinem Geist nicht als Mantra manifestiert und dort hängen bleibt. »Nenn mich bitte nicht Jerry, das dürfen nur meine Freunde!«, setze ich hinzu, klopfe ihm beiläufig kumpelhaft auf den Oberarm und gehe mit hocherhobenem Haupt davon.

Bin ich froh, dass ich den los bin, stelle ich fest, während meine Augen geflutet werden wie die Titanic nach dem Zusammenstoß mit dem Eisberg. Bevor ich zu lecken beginne, denke ich an Rache, das hilft meist ein bisschen. Heute funktioniert es jedenfalls tadellos: In einer laienmedizinischen post-mortem-Fantasie stelle ich mir vor, wie ich Toms leblosen Körper in einen pinken Gummianzug stecke, bevor er in den Sarg gelegt wird, damit die austretenden Leichengase dafür sorgen, dass er bis in alle Ewigkeit in einem rosafarbenen Luftballon gefangen ist.

Dieser Gedanke an meinen Ex-Freund gilt übrigens nicht und darf nicht hinzuaddiert werden, da er aus der Begegnung mit dem Scheißkerl resultiert, beschließe ich.

Stumm lalalalala singend, um weitere Erinnerungen an den Verräter … hoppla … abzuschmettern, gehe ich mit hoffentlich neutralem Gesichtsausdruck weiter, Schritt für

Schritt. Hinter der Monotonie des Gehens duckt sich der Schmerz, der immer genau dann »Hier!« schreit, wenn ich es am wenigsten gebrauchen kann.

Am Platz vor dem Supermarkt schaue ich rasch in das Wasser des dort befindlichen Brunnens, in dem honiggelb die Spätsommersonne schwimmt, um anhand des Spiegelbilds meine Miene zu justieren und die Züge zu ordnen, falls nötig. Ja, ist nötig! Ich schaue zum Kotzen aus, stelle ich fest: hängende Wangen, bleichgeweinte Haut mit riesigen Fledermausschatten unter den Augen. Ich tauche meine Hände ein und klatsche mir das kalte Nass ins Gesicht, um etwas frischer auszusehen. Als ich mir anschließend mit der Zunge über die Lippen fahre und die dort befindlichen Tropfen einsammle, stelle ich fest, dass sie wie Kukucksspucke schmecken.

Im Geschäft angekommen, hat sich wieder einmal alles gegen mich verschworen: der rechtsdrallige Einkaufswagen, der alle paar Meter bockt wie ein einjähriger Mustang, meine Lieblingspizza, die sich so weit oben auf dem Regal befindet, dass ich sie nur auf den Zehennägeln stehend erreiche, und die alte Dame vor mir an der Kasse, die einen meteorologischen Lagebericht abgibt, während sie passendes Kleingeld abzählt. Als dann auch noch das Kind auf dem Arm der Frau vor mir zu brüllen beginnt, woraufhin die Münzenoma den Bezahlvorgang unterbricht und strahlend »Na, warum tut er denn jetzt weini, weini?« säuselt, will ich auch nur mehr weini, weini.

Nach der nervenaufreibenden Lebensmittelbesorgung beschließe ich, meine Eltern in ihrer Spießersiedlung, in die sie vor Kurzem gezogen sind, zu besuchen. Meine Mutter nervt mich seit Tagen, dass sie mich sehen will, und irgendwann muss ich diesen Drachen ja töten. Natürlich nur im übertragenen Sinn. Tatsächlich umbringen will ich nur einen … Sie wissen schon, wen ich meine, oder?

Mama öffnet die Tür und knipst gleich darauf ein Strahlen in ihrem Gesicht an, während ich ihr mein schönstes Kumbaya-Lächeln entgegenwerfe. Sie zieht mich ins Haus und beginnt sofort damit, meinen Gehörgang zu malträtieren, indem sie mir mit vor Freude kieksender Stimme dasselbe erzählt wie gestern am Telefon: Tante Elisabeth getroffen, Laub gerecht, Vater zum Arzt gefahren …

»Ist Papa da?«, unterbreche ich sie in der Hoffnung, mit dem sonoren Bass meines Erzeugers meine mittlerweile sich taub anfühlenden Ohren beruhigen zu können.

»Er ist mit dem Fahrrad unterwegs«, entgegnet meine Mutter lächelnd, drückt mich in der Küche auf einen Stuhl und stellt mir einen Pudding vor die Nase.

In dem Moment höre ich durch das gekippte Fenster meinen Vater auf seiner Rostmarie durch die Heile-Welt-Gassen klingeln – so kündigt er meiner Mutter sein Kommen an, damit sie unverzüglich das Mittagessen auf den Tisch bringt.

»Bin zu Hause!«, kräht der Geradelte nach seinem Eintreten. Er freut sich ebenfalls, mich zu sehen, wie ich aus der festen Umarmung und einem genuschelten »Gott sei Dank, es geht dir gut!« schließe. Na ja … gut … reine Definitionssache. So ein Wochenende, wie ich es hinter mir habe, müsste er erst einmal überleben.

»Liebes«, sagt meine Mutter, »du musst wieder mehr unter Menschen gehen, damit du nicht vereinsamst.« In deinem Kopf mag das ja logisch sein, aber ich bin hier draußen, denke ich, halte aber den Mund.

Anschließend werde ich bekocht, befragt und weiter beratschlagt, sodass ich das Haus meiner Eltern zwei Stunden später satt, aber genervt verlasse. So wie eigentlich immer.

Ich schlendere mit leichter Übelkeit im Magen, die ich wohl dem Pudding vor der Hauptspeise zu verdanken habe, stadteinwärts. Im Garten nebenan schneidet der Nachbar in Zeitlupentempo einen Stock mit den letzten Rosen des Jahres zurück. Er sieht mich direkt an, lässt es aber wie einen versehentlichen Blickkontakt wirken, nickt grüßend und ringt sich ein zähflüssiges Lächeln ab. Aus einem der Häuser jault ein Schlager – ich bin nicht sicher, ob sich der Interpret innerhalb oder außerhalb des Radios befindet –, in einem anderen explodiert Kindergeschrei. Na, da ist wohl jemand gerade übellaunig aus dem Schlaf erwacht … so wie ich seit dreizehn Tagen jeden Morgen. Nur, dass ich dabei nicht kreische wie eine Stichsäge mit Soundverstärker. Sollte ich vielleicht einmal ausprobieren. Allerdings würde mir wohl niemand die Tränen von den

Wangen wischen, mich füttern oder wickeln (wobei Letzteres auch ein wenig seltsam wäre).

Ich selbst wollte nie Nachwuchs, Tom jedoch mindestens zwei Jungen und zwei Mädchen – das hat er mir bereits am Tag unseres Kennenlernens gestanden. Und mir wurde das bei jedem Blick in seine grünen Augen immer gleichgültiger.

Ich ändere meine Gangart auf doppelt so schnell, um dieser Siedlung, durch die ein Geruch nach Essen, geheuchelter Freundlichkeit und Scheinharmonie weht, so rasch wie möglich den Rücken zu kehren.

TAG 14:

Wer braucht schon Trost, wenn man Schnaps haben kann?

Wieder daheim, überlege ich, wie ich meine Stimmung heben könnte, um keinen Nervenzusammenbruch zu riskieren oder gar ein »bisschen komisch« zu werden – etwa wie meine ebenfalls sitzen gelassene Großtante Renate, deren Gesicht seit dem Desaster wie eine Dörrpflaume aussieht. Sie sticht täglich Nadeln in eine Puppe, die einen Anzug trägt, der aus Stoffresten von Kleidungsstücken ihres Ex-Mannes zusammengenäht ist. Und das, obwohl Manfred, das Voodoo-Opfer, längst tot ist. Und jetzt wollen Sie wissen, ob die Frau etwas mit dem Tod ihres Mannes zu tun hat? Offiziell nicht, da er an einem Herzinfarkt verstorben ist.

Aber wer weiß.

Ich beschließe, abends ein Saufgelage zu veranstalten und mich in vorübergehende Alkoholdemenz zu flüchten, um ein paar Emotionsmeter mehr zwischen Tom und mich zu bringen.

Zuvor werde ich noch einige Freunde anrufen und mir ein paar Trostpflaster aufkleben lassen, dann hätte ich *diese* lästige Sache auch erledigt. Irgendwann ist Totstellen einfach nicht mehr die feine Art.

Seufzend nehme ich das Telefon zur Hand, spreche mit Mimi, Charlie, Anton und Lucy, denen ich versichere, keine *echten* Selbstmordgedanken zu haben und schon bald wieder gesellschaftstauglich zu sein. Ich schmettere diverse Aber-Sätze ab (»Du musst nicht darüber reden …« oder »Ich will mich ja nicht einmischen …«), die meine Gesprächspartner natürlich unvollendet lassen, um mich vorübergehend in Sicherheit zu wiegen. Außerdem höre ich geduldig beim Phrasendreschen à la »Der Flachwichser hat dich doch gar nicht verdient.« zu und verspreche, mich nicht unterkriegen zu lassen. Abschließend folgt ein bisschen Lavendelschmäh von meiner Seite, der die Trennung ins Licht der Belanglosigkeit rückt. Nur Mimi, die letzte Gesprächspartnerin vor dem geplanten Alkoholexzess, misst dem Beziehungs-Aus mehr Bedeutung zu und hakt nach, verkneift sich allerdings zum Glück sowohl weibliche Solidaritätsbekundungen als auch diverse Frauenpower-Kalendersprüche. Auf beides reagiere ich mittlerweile so gereizt wie ein Stier mit Hämorrhoiden, der an Verstopfung leidet. Ihre Erkundigung, wie es Tom denn gehe, fühlt sich dann aber doch an wie eine Faust in der

Magengrube. Ich zerkaue einen Fluch im Mund und antworte so würdevoll wie möglich: »Bitte verschieb deine Empathie für Kanalratten auf später. Du glaubst jetzt hoffentlich nicht im Ernst, dass mich das interessiert?«

»Hast du ihm eigentlich gesagt, wie du dich fühlst?«, will sie mit Therapeutenstimme wissen.

»Ich habe ihn dermaßen angebrüllt, dass es mich wundern würde, wenn er keinen bleibenden Gehörschaden hätte«, erwidere ich grimmig. »Aber du kennst ihn doch, der Mann ist wie eine Teflonpfanne – an dem bleibt nichts haften.«

Mimi lacht und verabschiedet sich endlich, nicht ohne am Ende doch noch eine Floskel zu strapazieren, gekrönt von einer lauwarmen Aufmunterung: »Die Zeit heilt alle Wunden. Kopf hoch!« Ich danke ihr zähneknirschend für den topp Tipp am Schluss, obwohl ich momentan eher zum In-den-Sand-Stecken dieses Körperteils tendiere und diese Verhaltensart gedanklich sofort auf meine Liste interessanter Selbstmordmethoden setze. Wussten Sie, dass das Wort Floskel aus dem Lateinischen übersetzt »Blümchen« bedeutet? Das nur so nebenbei, schließlich sollen Sie beim Lesen etwas lernen.

Und noch etwas: Dass die Gedanken an Tom während der Telefonate nicht gelten, versteht sich von selbst.

Ich schleiche mit hängenden Schultern Richtung Badezimmer, um mich für die Sauforgie schick zu machen – wenn schon die totale Vernichtung, dann bitte mit Stil und Wimperntusche – und stelle beim Blick in den Spiegel fest: Ich sehe aus wie ein Monchhichi (sollten Sie später als 1985 geboren sein: affenähnliche Puppe aus Japan mit abstehenden Ohren, deren Daumen der rechten *Hand* in den geöffneten Mund der Figur gesteckt werden konnte) auf Drogenentzug. Auch egal.

Anschließend lege ich eine Platte mit klassischer Musik auf – nein, nicht »Gloomy Sunday« –, bevor ich mich zum Kleiderschrank begebe. Während die satten Klänge des Cellos aus dem Lautsprecher fließen wie geschmolzene dunkle Schokolade, wähle ich einen Hosenanzug, den ich mir eigentlich zum Ausziehen gekauft hatte, als ich noch mit Tom … okay, der gilt … zusammen war. Zu den Tönen, die das Streichinstrument produziert, gesellen sich leise Naturgeräusche: Ich höre in der Ferne Donner grollen, gleich darauf trommeln dicke Tropfen gegen die Fensterscheiben. Der Regen wäscht die Farbe aus der Stadt, während der Schmerz jede einzelne meiner glücksbunten Gefühlsregungen in ein dunkles Loch saugt.

Riiiiing. Himmel, bin ich jetzt erschrocken! Es hat geläutet. Verdammt, wer stört mich in meinem Stimmungstief?

Ich reiße verärgert die Wohnungstür auf. Vor mir steht mein Nachbar Markus, der ein Gespür für unpassende Momente besitzt wie der Jagdhund einen Instinkt für die fetteste Beute. Zudem verfügt er über ein Takt-Handicap und Empathie-Manko, was das Näheverhältnis zwischen zwei sich fremden Menschen sowie deutliche Hinweise des Gegenübers auf mehr Ferne betrifft. Seit der Mittdreißiger sich als Laiendetektiv betätigt und herausgefunden hat, dass ich wieder Single bin, rückt er mir auf die Pelle. Dabei müsste er mein Desinteresse an Männern aus der Weicheier-Fraktion – denn wie meine Oma schon sagte: »Nett ist nichts fürs Bett!« – doch längst bemerkt haben. Sobald er mir im Haus über den Weg läuft, sinken meine Mundwinkel wie auf Knopfdruck nach unten. Darüber hinaus antworte ich ihm ausschließlich in Comicsprache, wenn er mich anredet: so wenig Worte wie möglich, und diese so undeutlich wie möglich ausgesprochen oder als Geräusch verpackt.

Markus sieht mich aus wasserblauen Augen erwartungsvoll an, Daumen und Zeigefinger zupfen nervös an der Unterlippe. Sein hellblondes Haar steht stachelig in alle Himmelsrichtungen ab, als wolle er mit seinem Kopf die Signale sämtlicher erdumkreisenden Satelliten empfangen.

»Und?«, startet er endlich geistreich die Unterhaltung.

»Hm?«

»Alles gut?«

»Pffff …!«

»Ich dachte, ich …«

»Nein!«, beende ich das Gespräch und knalle ihm die Tür vor der Nase zu. Zack, bumm, boing!

Normalerweise bin ich nicht so unhöflich, aber dieser Typ lässt mich jedes Mal meine Selbstoptimierungsbereitschaft im Umgang mit Menschen, die mir auf die Nerven gehen, vergessen. Selbst auf einer einsamen Insel mit nur uns beiden als menschliche Bewohner würde ich einen Schimpansen ihm vorziehen. Brrrrr!

Eine halbe Stunde später sitze ich vor meinem zweiten Schnaps – beim dritten grinse ich dämlich in Dauerschleife, beim vierten werde ich weinerlich und beim fünften lethargisch. Am sechsten Glas nippe ich nur noch lustlos, wobei die Hälfte des Inhalts auf mein Shirt tropft, und habe das Gefühl, gerade meiner totalen Verblödung beizuwohnen. Kennen Sie diesen Zustand?

Obwohl ich keinen Alkohol benötige, um peinlich zu sein, kann ich für den folgenden Fauxpas sehr wohl dem Selbstgebrannten die Schuld in die Schuhe schieben: Ich schnappe mir mein Handy, öffne die Kontaktliste, verenge die Augen zu Schlitzen, um scharf zu stellen, suche Toms – den Gedanken muss man leider gelten lassen – Nummer heraus und lasse sie von meinem Telefon anwählen. Mein Ex-Freund meldet sich nach dem dritten Läuten mit einem atemlosen: »Jerry, was ist los?«

»Für dich Jule«, erwidere ich schnippisch. Und dann fällt mir nichts Besseres ein, als zu fragen: »Warum keuchst du so, habe ich dich von deiner Gummipuppe geholt?« Als ich keine Antwort erhalte, fahre ich fort: »Du weißt schon, Silikonmöpschen.«

»Findest du das lustig?«, stößt mein Gesprächspartner hervor.

Ich kichere demonstrativ und pruste »Ja, sehr!« ins Handy, wobei meinem Mund aufgrund der beginnenden Gesichtsentgleisungen eine Fontäne an Speicheltröpfchen entweicht, die sich vermutlich gerade gleichmäßig auf dem Display verteilen. Und morgen werde ich mich wieder wundern, warum der Bildschirm dermaßen verschmutzt ist.

»Du bist armselig«, knurrt mein Ex-Freund. »Und hör auf, dich zu besaufen, das löst deine Probleme auch nicht. Geh ins Bett.« Dann legt er auf. Humor ist noch nie seine Stärke gewesen.

Ich werfe das Handy auf die Couch, kippe einen Absacker und beschließe, tatsächlich schlafen zu gehen. Alles andere hat in diesem Zustand keinen Sinn. Schwerfällig wanke ich zum Plattenspieler und lehne mich an die Kommode, auf dem das Prachtstück mit seiner Nadel Runde um Runde die Rillen der schwarzen Scheibe abfährt. Die Klänge, die der Bassist des zu Vinyl gepressten Konzerts seinem Instrument entlockt, schweben durch den Raum und scheinen förmlich in mich hineinzukriechen. Sie legen sich wie ein tröstender Mantel aus tiefer Schwingung um mein Herz und bringen mich zum Lächeln. Okay, vermutlich ist es doch eher der Schnaps, der dem Gehirn signalisiert, den Muskeln in meinen Mundwinkeln den Befehl zum Heben zu geben.

Mit einem hässlichen Kratzen stoppe ich die Platte und taumle rechtslastig wie der Schiefe Turm von Pisa auf zwei

Beinen Richtung Schlafzimmer. Aufgrund leichter Sehstörungen laufe ich dabei mit dem Gesicht gegen einen Türrahmen und prelle mir die Nase, was mir in dem Moment aber herzlich egal ist.

Ich lasse mich schwerer, als ich bin, ins Bett fallen und rülpse wie ein übergewichtiger Bauarbeiter, was zur Folge hat, dass der Schnaps von unten in die Speiseröhre strömt, als wolle er fliehen. Ich würge und schaffe es, die rückwärtige Peristaltik in eine Schluckbewegung umzuwandeln, sodass die Flüssigkeit retour fließt. Nie wieder Alkohol, denke ich und hoffe, nicht im Schlaf an meiner eigenen Kotze zu ersticken. So zu sterben, würde mich bis in alle Ewigkeit traumatisieren und ein ganz mieses Karma verursachen. Ich rolle mich unter der Decke zusammen wie ein Wurm im Tequila, bevor ich zu schnarchen beginne.

TAG 15:

WENN ICH EIN VÖGLEIN WÄR …

Beim Aufwachen an diesem Morgen entfährt mir im Halbschlaf in Erinnerung an das besoffene Telefonat mit Tom (der erste Gedanke an das Arschloch heute und vermutlich nicht der letzte) ein saftiger Fluch, der selbst Götz von Berlichingen zum Erröten gebracht hätte. Goethes Figur des fränkischen Raubritters hat nicht nur das Am-Arsch-Lecken salonfähig, weil bühnentauglich, gemacht, sondern auch die frohe Botschaft verkündet: »Wo viel Licht ist, ist starker Schatten!« Einen wahrhaft sonnigen Charakter muss dieser Typ gehabt haben, aber wo er recht hat, hat er recht.

Mit hämmernden Kopfschmerzen taumle ich ins Bad, um mir im Spiegel die katastrophalen Auswirkungen des Alkoholexzesses von letzter Nacht aus der Nähe zu besehen. Ich schrecke vor dem traurigen kleinen Gesicht zurück, das mich aus rot geränderten Augen und mit leicht geschwollener Nase anstarrt – ein Anblick, der mir neuerlich den Schnaps die halbe Speiseröhre hochtreibt. Mit brennender Kehle meine ich, auf der kalkweißen Haut ein paar neue Falten zu entdecken, die während der Beziehung mit Tom (verflixt!) noch nicht da waren. Doch nicht nur mein Körper musste unter dem unsinnigen Besäufnis leiden, auch meine Seele hat eine neue Schramme.

Sollte ich mich irgendwann erholen und mich jemals wieder mit Männern verabreden, würde ich das bei Mondschein tun – so ein Vampirlifting wirkt Wunder! Oder ich verdiene als Starreporterin genug Geld, um mir eine kosmetische Operation leisten zu können. Dabei lache ich sonst über künstliche Schönheit und bemitleide jede Dame, die sich aus rein optischen Gründen unters Messer legt. Regelrecht peinlich finde ich jene, die von einem »zahnmedizinischen Eingriff in Ungarn, bei welchem man drei Wochen lang stationär behandelt wird«, berichten, und von diesem Horrortrip mit strafferer Haut und schmaleren Hüften wiederkehren. Und die Krönung des Märchens ist, wenn sie ihre Verwandlung mit der guten Luft und einer aufgrund von furchtbaren dentalen Schmerzen verminderten Nahrungsaufnahme zu erklären versuchen. Kommen sie mit vergrößerten Brüsten nach Hause, sind die während der regelmäßigen Massagen und Moorpackungen im von der Zahnklinik zur Verfügung gestellten Luxusressort sowie dank gesunder Ernährung gewachsen. Beim neuerlichen Blick in den Spiegel beschließe ich, auch peinlich zu sein, wenn ich einmal genug Geld habe.

Ich seufze und beschließe, den Liebeskummer nicht länger vorwiegend allein zu verarbeiten oder im Schnaps zu ertränken, und rufe eine meiner ältesten Freundinnen an. Heidi hat sich bisher zurückgehalten, was Bombardements mit Fragen, Beileidsbekundungen und Trostangebote betrifft – weil sie mich kennt und weiß, dass ich in so einer Phase in Ruhe gelassen werden möchte, um niemandem mit meinem Gewinsel auf den Wecker zu fallen.

Doch in mir ist plötzlich der Wunsch erwacht, meinen Kater in der Frischluft auszukurieren, und erstaunlicherweise, was sogar für mich überraschend ist, will ich dabei nicht allein sein.

Eine Stunde später ist meine Freundin zu Stelle. Ich steige in ihr Auto und ersuche sie um einen Ausflug in die Natur, bevor ich sie auf ihren rot geschminkten Mund küsse – etwas, das Tom immer verstört hat. Bei genauerer Überlegung könnte unser kleines Ritual meinen Ex-Freund scharf gemacht haben. Männer sind ja so leicht zu triggern … man könnte allein mit dem Hauch einer Andeutung sexueller Aktivität zwischen zwei Frauen die menschliche Version eines kastrierten alten Rüden in einen pubertierenden Vierbeiner mit dem Geruch nach läufiger Hündin in der Nase verwandeln.

Als Heidi losfährt, bläst mir aus der Klimaanlage der eisige Hauch des Todes ins Gesicht, und ich kann nur noch röcheln, als es hinter meinen Schläfen neuerlich zu pochen beginnt.

Während des anschließenden Spaziergangs durch einen kleinen Wald am Stadtrand beginnen sich die Wolken in meinem Kopf langsam zu verziehen. Wir plaudern nur sparsam, und wenn wir reden, kommunizieren wir in Zeitlupe, um die Entschleunigung zu zelebrieren. Das ist unser Ding, wenn wir im Grünen sind: uns an die Langsamkeit anzupassen, mit der beispielsweise Pflanzen wachsen. Meine Freundin fragt nichts, von dem sie annimmt, dass ich nicht darüber reden möchte, und sie erzählt nichts, von dem sie denkt, dass es mich in meiner derzeitigen Situation ohnehin nicht interessiert.

Ich genieße die Stille und konzentriere mich auf die Schritte, mit welchen ich den Abstand zu meinem Kummer zu vergrößern suche. Auch wenn ich damit, pragmatisch betrachtet, zugleich die Distanz zu meinem Tod verringere.

In der Laubkrone eines Baumes über uns zwitschert es lieblich und ich denke: Wenn ich ein Vogel wär, wüsste ich genau, wohin ich flöge … und wen ich als Erstes anscheißen würde.

Nach einer halben Stunde fast schweigsamen Spazierengehens entdecke ich auf einer Bank ein schon etwas in die Jahre gekommenes Paar. *Sie* ist klein und zart, wirkt rüstig und agil und sieht mit ihrem modernen Kurzhaarschnitt trotz ihres fortgeschrittenen Alters recht flott aus.

Er trägt einen abgewetzten Anzug, dem man den Geruch nach Mottenkugeln ansieht, sein Haar, das nur spärlich die mit roten Flecken übersäte Kopfhaut bedeckt, ist dünn und strähnig. Der Ausdruck in den Augen des Greises wirkt leer, und hinter einen Spaltbreit auseinanderklaffenden bleichen Lippen kriecht eine belegte Zunge wie eine Nacktschnecke von einer Ecke zur anderen, während käsig abgestandener Schleim in den Mundwinkeln klebt. Die Frau hat ihre kleine faltige Hand auf die große Pranke ihres Partners gelegt und lächelt ihm zu, der Mann streichelt mit dem Daumen über ihre Finger – vielleicht ist es nur ein Reflex, doch er scheint trotz seiner scheinbaren geistigen Abwesenheit glücklich zu sein.

Tom und ich wollten auch gemeinsam alt werden und bis zu unserem Tod und darüber hinaus in einem anderen Universum zusammenbleiben. Wir haben uns geschworen, uns gegen den Rest der Menschheit zu verbünden und dabei stets nach dem Pippi-Langstrumpf-Prinzip zu agieren: Wir machen uns die Welt, wie sie uns gefällt. Und jetzt würde ich allein Schicksalsschläge erdulden, über Stolpersteine, Hürden und Fallgruben am Lebensweg springen, die Unfähigkeit dummer Leute ertragen und gegen die Allmacht von Obrigkeiten kämpfen müssen. Du hast mich im Stich gelassen, du verdammter Hurensohn. Wie ein Hähnchen sollst du auf einen Bratspieß gesteckt, im offenen Feuer geschmort und dabei mit Tabascosoße beträufelt werden. Haben Sie weitere Ideen, wie man mit einem Verräter verfahren könnte, um ihm ein Maximum an Schmerz zuzufügen?

Heidi scheint zu erahnen, dass ich mich plötzlich weniger an der Natur als an Folterkammervisionen erfreue, und ist ehrgeizig bestrebt, die Schatten auf meiner Seele mit Licht zu vertreiben. Sie lenkt meinen Blick mit Wortreichtum, Informationsfülle und Laudatio-Tonfall auf die Schönheit der Umgebung ringsum und macht ihrem Beruf als Biologielehrerin alle Ehre. Als sie die Worte »Geschlechtsreife« und »Fortpflanzung« im Zusammenhang mit einem unseren Weg kreuzenden Rüsselkäferpärchen in den Mund nimmt, verlässt den meinen ein Schwall abgestandenen Alkohols. Das Erkotzte landet auf dem Waldboden, halb auf den Insekten, halb auf den blauen Schuhen der Freundin. Wortlos fischt diese ein Taschentuch aus ihrer Jacke und reibt ihre Ledertreter ab, die von mir gerade neu imprägniert wurden. Ich beuge mich in der Zwischenzeit über das Rüsselkäferpärchen und hoffe, dass es nur be- und nicht ersoffen beziehungsweise erstickt ist. Sie haben meine unbeabsichtigte Attacke überlebt und taumeln mit Schlagseite davon, während einer den anderen schiebt – ob man sich dabei nur über die Straße hilft oder die beiden im Schapsrausch Lust auf eine Rüsselkäferpaarung bekommen haben, kann ich nicht sagen.

Heidi hat in der Zwischenzeit ihre Schuhe fertig geputzt, während ich mir den Mund am Westenärmel abgewischt habe, und so marschieren wir weiter. Meiner Freundin ist der Gesprächsstoff ausgegangen oder sie befürchtet, mit weiteren Erläuterungen eine neuerliche Übelkeit bei mir auszulösen. Und so hängen wir beide unseren Tagträumen nach, doch während sich ihre vermutlich um effektive Fleckentfernung aus blauen Lederschuhen drehen, handeln meine eher von neuen Horrorszenarien, die einen treulosen Beziehungsbrecher und dessen Plastikbunny betreffen. Mich beschleicht das Gefühl, dass ich an diesem Tag mein Kontingent an Gedanken im Zusammenhang mit Tom schon fast verbraucht habe. Es ist langsam an der Zeit, meine Aufmerksamkeit wieder auf andere Dinge zu richten – auf erfreuliche, aufbauende, erfüllende, glücklich machende. Sonst gräbt die Verbitterung womöglich noch mehr Falten in mein Gesicht, brennt der Schmerz weitere Narben auf mein Herz und schlägt die Erinnerung noch länger auf meine Seele ein, als ich verkraften kann. Vor allem möchte ich weiterhin emotionsflexibel bleiben und nicht ständig nur traurig, teilnahmslos oder zickig sein – und mir vorkommen wie ein Sack nasser Sand, auf den pausenlos eingeprügelt wird.

Was würden Sie mir raten angesichts meiner Lage? Zu einem Urlaub unter Palmen mit langen Spaziergängen am weißen Sandstrand tagsüber und ausufernden Partys mit karibischen Jungs bei Nacht? Zur Rettung eines Welpen aus dem Tierheim? Zu einem Beauty- und Wellnesstag inklusive Friseurtermin und Typveränderung?

Ich spüre Heidis Blick im Nacken und stelle fest, dass ich durch den Wald laufe wie ein Reh auf der Flucht vor dem Jäger und sie dabei abgehängt habe. Meine Freundin schnauft heran wie eine Dampflok, ergreift meine Schulter, als wolle sie mich am Entkommen hindern, und fragt keuchend in schönster Laienpsychologenmanier: »Wovor rennst du denn weg?« Der Klassiker. Wenn ich mich schon wie ein lebendes Klischee verhalte, dann auch wie eines der gängigsten nach einer Trennung vom Partner. Als würde ich vor der Erinnerung an die Zeit mit Tom (ach, Scheiße, an dem Gedanken ist jetzt aber meine Freundin schuld!) davonlaufen.

»Vor dir!«, antworte ich grinsend und deute auf die blauen Lederschuhe. »Du stinkst nach Schnapskotze!«

»Hast du gerade dein Humor-Coming-out?« Heidi beginnt zu kichern. Ich lobe mich innerlich für die Weitsicht und mein Talent, mir meine Freunde zu einem Großteil nach ihrer Fähigkeit auszusuchen, selbst die blödesten Witze zu verstehen und/oder lustig zu finden. Gleich darauf lachen wir lauthals durch die Botanik und verschrecken damit garantiert das eine oder andere Wildtier, das gut gelaunt das schöne Wetter genießen wollte. Stellt euch nicht so an, Silvester ist lauter.

Kurz darauf kehre ich zurück zu meinen Plänen, mir etwas Gutes zu tun und meinen Fokus neu auszurichten. Für einen Urlaub habe ich kein Geld und für einen Welpen aus dem Tierheim keine Zeit. Bleibt nur das

Rundumpflegeprogramm. Mein Entschluss steht fest: Ich werde mein Schicksal in die Hände von Fachpersonal, Haare und Kosmetik betreffend, legen und hoffen, dass es damit in eine neue Richtung gelenkt wird.

»Satteln wir die Pferde und reiten in den Sonnenuntergang!«, rufe ich euphorisch und erzähle meinem Gegenüber von dem Vorhaben, mich pflegen und stylen zu lassen. Heidi klatscht begeistert in die Hände, womit sie wieder mindestens fünfzig kleinere und größere Tiere in unserer Nähe verschreckt haben dürfte, und gratuliert mir zu dieser vorwärtsgerichteten und glücksträchtigen Entscheidung.

Gut gelaunt treten wir den Rückweg an. Schon bald, so nehme ich mir vor, wird jede Erinnerung an Tom verblassen, da ich mich wie Phönix aus der Asche erheben und an jedem Finger mindestens einen neuen Verehrer haben werde. Noch besser wäre meine Stimmung, hätte nicht wieder ein Gedanke an den Verräter die rosig schimmernde Zukunftsvision getrübt.

TAG 15/TAG 16:

EIN BISSCHEN BI?

Kaum habe ich eine mögliche Rüsselkäferpaarung beobachtet und etwas später beschlossen, die Pferde zu satteln, träume ich in dieser Nacht von Sex – anfangs von recht wenig erfreulichem mit Männern; na ja, eigentlich nur mit *einem*: Tom. Und dieser ähnelte stark jenen körperlichen Aktivitäten, die in den letzten Monaten eher selten von Erfolg, nämlich einem kurzen Grunzlaut seinerseits sowie einem kleinen Jauchzer meinerseits, gekrönt waren – vor allem dann nicht, wenn wir beide viele Dinge im Kopf und wenig Enthusiasmus in den Lenden hatten. Im Anschluss an diese fade Bettgymnastik suchen mich, nur der Himmel und mein Unterbewusstsein wissen, warum, erotische Fantasien anderer Art heim. In den folgenden Träumen spielt ausschließlich eine Frau eine tragende beziehungsweise nackt auf mir herumturnende Rolle. Ich sehe mich, ungewohnt gelenkig und agil, die seltsamsten

Verrenkungen vollführen, wobei ich zugleich die Biegsamkeit des anderen weiblichen Körpers bewundere, während meine Partnerin und ich uns leidenschaftlich lieben.

Als ich endlich vor Erregung zitternd schweißgebadet erwache, starre ich minutenlang mit aufgerissenen Augen und klopfendem Herzen in die mich umgebende Finsternis. Was sollte das denn, bitte? Schwimme ich nach der Enttäuschung von Tom und wegen eines daraus erwachsenden Misstrauens anderen Männern gegenüber womöglich gerade ans andere Ufer?

Bisher haben mir meine eigenen weiblichen Körperteile zum Glücklichsein völlig ausgereicht, weshalb ich stets nach dem passenden Gegenstück suchte, das im Idealfall von einem darüber befindlichen Sixpack gekrönt wurde. Außerdem bin ich mit den eigenen prämenstruell bedingten flexiblen Stimmungen bedient genug und froh darüber, dass der Kerl dieses Symptom nicht auch noch aufweist.

Eine Dokumentation über den Psychoanalytiker Sigmund Freud kommt mir in den Sinn, der behauptete, dass jeder Mensch bisexuell veranlagt ist. Er meinte, dass sich fast alle Männer und Frauen nach einer Phase der Zuneigung zu beiden Geschlechtern in frühen Jahren unbewusst für die Homo- oder die Heterosexualität entscheiden und diese ausleben. Währenddessen schlummere die bisexuelle Veranlagung im Inneren weiter und trete gelegentlich wieder zutage. Denken Sie, bei mir ist das Nickerchen der ambivalenten Neigung zu Ende? Oder sogar das eindeutige

Verlangen nach einer Beziehung mit einem Wesen ohne Testosteron erwacht? Ein bisschen Orientierungshilfe wäre jetzt fein, ich fühle mich wie ein Boot ohne Steuermann, hin- und hergerissen im Sturm der Gefühle.

Mit vor Kälte oder Panik – das weiß ich im Moment nicht so genau – zu Berge stehenden Körperhärchen denke ich an ein Erlebnis aus meiner Zeit als schwer Pubertierende zurück, als ich mich unsterblich in einen Burschen aus der Parallelklasse verliebte. Doch der hübsche Junge entpuppte sich als hässliches Mädchen und ich erlitt den Schock meines Lebens, zweifelte ich doch an meiner sexuellen Ausrichtung.

Wumms, mit voller Wucht knallt eine meterhohe Welle gegen mein Boot, während ich hilflos im Kreis rudere. Bin ich wach oder träume ich schon?

Eine weitere Erinnerung ereilt mich: an einen Vorfall, der sich etwa vor zwei Jahren in einer Bar zugetragen hat. Die Laune war bestens, das Bier süffig und der Abend weit fortgeschritten. Meine Freunde saßen an mehreren Tischen verteilt und so wechselte ich immer wieder den Platz, um mit allen zu plaudern. Tom befand sich auch unter den Leuten, wir waren damals seit etwa einem halben Jahr ein Paar. Einige von ihnen schielten bereits bedenklich … und orderten bei mir mehr Alkohol, wenn ich an den Tisch kam, weil sie mich für die Kellnerin hielten.

Nach einiger Zeit verlangte meine mit Gerstensaft gefüllte Blase nach Entleerung und so machte ich mich mit elastischen Beinen auf den Weg zur Toilette, während hinter mir die Menge weitergrölte. Als ich die sanitären Anlagen wieder verließ und den Gastraum betrat, kam mir meine Freundin Claudia entgegengeschwankt und umarmte mich wie eine Ertrinkende auf hoher See. Sie flüsterte mir, wie ein nasser Sack in meinen Armen hängend, ins Ohr, dass sie mich furchtbar liebhabe, und streichelte unablässig meinen Rücken. Gerührt ob des Gefühlsausbruchs antwortete ich: »Ich hab dich auch lieb, Maus, aber lass mich jetzt bitte wieder los!«, schob Claudia von mir, als sie nichts dergleichen unternahm und ich befürchten musste, dass sie entweder eingeschlafen war oder sich jeden Augenblick über meine Schulter übergab. Behutsam setzte ich sie auf eine der Bänke und ging danach zu meinen Freunden zurück, nicht ohne mir vorzunehmen, etwas später wieder nach Claudia zu schauen. Doch dazu sollte es nicht mehr kommen, denn gefühlte fünf Sekunden später stand meine Freundin wie der Schiefe Turm von Pisa vor mir und grinste mich an. Mit entgleister Miene und glasigem Blick, bei dem ein Auge mich, das andere einen fiktiven Punkt irgendwo im Lokal zu fixieren versuchte, lallte sie lauthals: »Ich will jetzt sofort mit dir knutschen!«

Ich sah mich daraufhin veranlasst, aufzuspringen, Claudia umzudrehen und retour zu den WC-Anlagen zu schieben, um dort ihren Kopf in kaltes Nass zu halten – ich wollte sie zwar nicht in eine Klomuschel tauchen, aber zumindest über einem Waschbecken unter den Wasserhahn bugsieren. Doch meine Freundin zeigte sich nur bedingt kooperationsbereit, drehte sich plötzlich um und zog mich ruckartig an sich. Ihre geschürzten Lippen, welche die meinen anvisierten, befanden sich nur wenige Zentimeter von meinem panisch zusammengepressten Mund entfernt, bevor ich mich im letzten Moment losreißen konnte, sodass sie ins Leere torkelte und mit dem Kopf gegen die Wand donnerte. Nachdem ich mich vergewissert hatte, dass durch den heftigen Aufprall kein bleibender Schaden, sondern höchstens eine Beule zurückbleiben würde, zog ich Claudia zurück ins Lokal. Ich platzierte sie auf einem Stuhl, wo sie augenblicklich in sich zusammensackte wie ein Duracell-Hase, dem die Batterie entfernt wurde. Erstaunlicherweise richtete sie sich nur wenige Sekunden später wieder auf, als wäre sie eine Marionette, die man an unsichtbaren Fäden hochzog, sprang auf und stürzte sich mit den Worten »Ich will endlich mit dir knutschen!« auf mich. Ich sah keinen anderen Ausweg mehr, als Claudia an den Schultern zu packen, um sich selbst zu drehen, zu flüchten, solange sie noch kreiselte, und mich in einer Toilettenkabine einzuschließen. Lauter Trubel drang gleich darauf dumpf durch die Tür an mein Ohr, da meine Freundin offensichtlich im Lokal Amok lief, weil sie mich nicht mehr fand. In meinem Kopf spielten sich Szenen wie in einem blutigen Horrorstreifen ab, in dem sich eine der Verfolgten – ich in diesem

Fall – vor dem wahnsinnigen Killer auf dem WC versteckt und als Einzige überlebt … oder auch nicht.

Weil mir diese Vorstellung zu gruselig wurde (damals war ich zartbesaiteter als heute), verließ ich die Sicherheitszone wieder und schob mich vorsichtig um die Ecke, um in den Gastraum zu spähen. Tom saß neben Claudia an einem Tisch, tröstete sie und hatte ihr ein großes Bier vor die Nase gestellt, an dem sie selig lächelnd nippte. Ich schlich mich vorbei, an der Garderobe getarnt hinter einem Regenmantel mit Kapuze und ein paar anderen Kleidungsstücken, und machte mich eilig aus dem Staub. Auf dem Parkplatz simste ich meinem Freund, dass er bitte nach draußen kommen solle, weil ich nach Hause fahren wollte.

Am nächsten Tag stattete ich meiner im Suff bi-neugierigen Freundin einen Besuch ab, die mir in verkaterter Stimmung die Tür öffnete.

»Was war?«, fragte sie knapp.

Ich erwiderte: »Was ist denn das für eine Begrüßung, Maus?«, zog sie an mich und presste meine Lippen auf die ihren. Ohne eine Miene zu verziehen, auch wenn ich am liebsten ein Feuchttuch aus der Tasche geholt und es mir in den Mund gestopft hätte, säuselte ich in ihr fassungsloses Gesicht, auf dem sich ein Ausdruck leichten Ekels breitmachte: »Liebes, wieso bist du denn heute so spröde? Ich dachte, wir schieben jetzt endlich eine Nummer, nachdem wir gestern wie Teenies am Klo herumgeknutscht haben, du aber aufgrund des Alkoholgehalts in deinem Blut und des Puddings in deinem Körper leider zu mehr nicht fähig warst. Was ist jetzt?«

»Igitt«, antwortete Claudia mit einer Mischung aus Scham und Abscheu in der Stimme und starrte mich entsetzt an.

»Ich … ich … wusste nicht, dass du … auch auf Frauen stehst«, stotterte mein Gegenüber fassungslos. Genug gequält, beschloss ich und berichtete wahrheitsgetreu von den Ereignissen, woraufhin meine Freundin vor Erleichterung tief aufseufzte und die Worte »Nie wieder Alkohol!« aussprach.

»Also, für die Zukunft«, konnte ich mir nicht verkneifen zu sagen, »ich freue mich für dich, wenn du dich dafür entscheidest, deine Bisexualität auszuleben.« Nach dieser Meldung musste ich wieder flüchten, jedoch nicht vor geschürzten Lippen, sondern vor einem drohend erhobenen Hausschuh in Claudias Hand.

Aber was hilft mir diese zugegebenermaßen lustige Erinnerung, während ich hier im Bett liege und mit meiner eigenen Unsicherheit kämpfe? Denken Sie, die Wut auf Tom hat mich umgedreht?

Ich schließe die Augen und denke an eine wunderschöne nackte Frau, die lächelnd auf mich zukommt, bereit, mich an ihren wogenden Busen zu drücken. Als nicht nur kein Hauch eines lustvollen Prickelns zu spüren ist, sondern es mich auch sofort vor Grauen schüttelt, tausche ich das weibliche Wesen rasch durch ein männliches aus: einen dunklen Lockenkopf mit hellen Augen, bartumschattetem Gesicht und Waschbrettbauch – und schon verzieht sich mein Mund wie von allein zu einem breiten Lächeln. Wenn ich jetzt sofort einschlafe und mich im Traum rasch ausziehe, wäre ich bereit für einen kleinen Jauchzer.

Als ich an diesem Mittwochmorgen erwache, kann ich mich nicht mehr erinnern, was ich alles mit dem jungen Mann getrieben habe. Aber es muss schön gewesen sein, denn ich fühle mich sehr entspannt. Schade nur, fällt mir ein, bevor ich mich aus der Decke schäle, dass zweckdienliche Modifikationen von einem Wesen in ein anderes nicht möglich sind – sonst würde ich Tom in einen Dinosaurier verwandeln und hoffen, dass er bald ausstirbt.

TAG 16:

Nackenkraulen, haarige Probleme und eine Nutte in Pastell

Nach dem Aufstehen bin ich voll des Zweifels ob meines beim Spaziergang in der Natur gefassten Vorhabens, mich restaurieren zu lassen und die Lebensuhr damit um ein paar Minuten zurückzudrehen – damit es später so aussieht, als wäre es früher.

Als ich ein paar Frustpickel in meinem grau aussehenden Gesicht entdecke, fürchte ich, das könnte zu einer schmerzhaften Prozedur im Beautysalon führen. Ich stelle mir missmutig folgende drei Fragen: Müssen wir Frauen für die Schönheit tatsächlich leiden, dürfen wir uns dagegen wehren, und wen können wir für die Qualen verantwortlich machen? Und ich beantworte sie mit: vermutlich schon, eher nicht und … Tom. Ja, ich gebe es zu, ich bin trotz aller guten Vorsätze rückfällig geworden und denke schon so früh am Morgen an das Arschloch.

Verurteilen Sie mich nicht! Und doch verpasst mir der Gedanke an meinen Ex-Freund einen heftigen Vorwärtsstoß in Richtung »Das Leben geht weiter!«, sodass ich fast gegen einen Türstock laufe. Also gut, mein Vorsatz soll in die Tat umgesetzt werden – man ist schließlich nicht so alt, wie man sich fühlt, sondern so alt, wie man aussieht.

Revolutionär beginne ich meine optische Verjüngungskur schon einmal damit, beim Anziehen den BH wegzulassen und wie anno dazumal das Motto »Freiheit für den Busen!« zu leben. Das mache ich keineswegs, um zu einem Gegen-den-Strom-Schwimmer zu werden – ich hänge nicht dem trügerischen und bemitleidenswerten Glauben an, nur dann Beachtung zu finden, wenn ich anders bin als die anderen –, sondern weil ich meine Brüste einmal nicht einsperren, sondern frei hängen lassen will. Und da ich Gott sei Dank nicht über sichtbar ausgeleierte Fleischlappen an meiner Frontseite verfüge, die bis zum Bauchnabel baumeln, besteht kaum ein Unterschied zu vorher.

Anschließend mache ich mich auf den Weg zum Wohlfühltempel »Beauty-Spa«, der sich ein paar Straßen von meiner Wohnung entfernt befindet. Dort angekommen, erhalte ich zuerst einmal eine Massage mit Message, nämlich der, dass mein Nacken härter sei als Stein. Kein Wunder, so wie ich dauernd den Kopf einziehe und mich verkrampfe, wenn ich blöde Kommentare wie diese höre, noch dazu ungebeten. Kennen Sie auch solche Menschen, die einem dauernd ihre Meinung sagen, obwohl man sie gar nicht hören will?

Danach sind die Haare an der Reihe. Einen guten Friseur, der die kopfeigenen Individualitäten seiner Kunden – beispielsweise so etwas Lästiges wie einen Wirbel am Hinterkopf, der bei Missachtung und Nichtmiteinbeziehung in einen Kurzhaarschnitt rasch zur Tonsur werden kann – kennt und damit technisch umzugehen in der Lage ist, findet Frau bekanntermaßen nur schwer. Bestimmt wissen auch Sie: Es ist fast unmöglich, einen dauerhaft perfekt auf die eigenen Wünsche eingehenden Haarspezialisten zu finden – ähnlich wie einen einfühlsamen Dentisten, der auf Zahnarztphobiker ebenso viel Rücksicht nimmt wie auf beißende Kleinkinder.

Tragischerweise ist der Laden meines Haus- und Hoffriseurs der Pensionierung des Chefs zum Opfer gefallen, was mir kurzfristig die Haare zu Berge stehen lässt, als ich es erfahre. Ich befinde mich nun also in der frauenfeindlichen Situation, mir einen neuen Mähnenbändiger suchen zu müssen, obwohl ich diese Tatsache mit dem Anflug einer Erwachsenenvariante infantilen Negierens bisher ausgeblendet habe.

Doch ich möchte meinen Wellnesstag aufgrund drohender Verwahrlosung infolge der Abservierung durch dieses unnötige Individuum von Ex-Freund unbedingt vervollständigen und mich zurechtstutzen lassen. Heute Morgen habe ich beim Blick in den Spiegel die Möglichkeit in Betracht gezogen, dass meine Haare regelmäßig in der Nacht ohne mich eine Party feiern und aufgrund ihrer Überlänge deshalb ständig wirr vom Kopf abstehen. Mir wurde klar, dass sich die haarige Situation zuspitzt und ich die Suche nach einem neuen Stammsalon nicht länger hinauszögern kann.

Von einer Freundin mit einem guten Tipp ausgestattet, werde ich also bei einem bekannten Downtown-Friseur vorstellig, nicht ohne den Laden vorher ausgiebig zu inspizieren, um ein möglicherweise vorhandenes Haar in der Suppe zu finden. Nach erfolgloser Suche und dem stattdessen erworbenen guten Eindruck bitte ich um einen Termin bei Maria, die mir von besagter Freundin gleich mit empfohlen wurde.

»Die ist seit gestern nicht mehr bei uns«, bedauert die Chefin, eine falsche Blondine um die fünfzig mit rosa geschminkten Lippen und nasaler Stimme. Na super, haarscharf verpasst! »Aber ich würde Ihnen bei Ihrem Haar ohnehin Sabrina empfehlen«, ergänzt sie und sieht mich mit leicht zurückgeneigtem Oberkörper aus zusammengekniffenen Augen taxierend und zugleich erwartungsvoll an.

»Was bitte soll das jetzt heißen: *Bei Ihrem Haar?*«, frage ich ein wenig echauffiert nach. Tom hätte mich jetzt in den Oberarm gekniffen, damit ich mich wieder beruhige und nicht womöglich ausfällig werde.

»Na, ich meine, weil Sie doch … weil … ja, wegen der Frisur. Die Sabrina hat sich auf kurzes Haar spezialisiert und beherrscht da ganz moderne Schnitttechniken. Das meinte ich.« Gerade noch gerettet, Fräulein, gerade noch.

Ich stimme zu, mich von der jungen Frau, die ihrer Vorgesetzten als jüngere Version fast bis aufs Haar gleicht, bedienen zu lassen. Denn (ich hoffe, das ist kein schlechtes Zeichen) sie hat sofort Zeit für mich und meinen Kopf und lächelt mich scheu, aber freundlich an.

»Gemma, Sabrina, waschen, schneiden, föhnen!«, quiekt die Chefin nasal, die im Umgang mit ihrem Personal ordentlich Haare auf den Zähnen zu haben scheint und noch dazu auf jedem Beißerchen offensichtlich eine andere Frisur trägt. Aufgrund ihrer Größe, körperlichen Wuchtigkeit und markanten Züge wirkt sie fast wie ein Transvestit, der tagsüber im Friseursalon und nachts im Domina-Studio arbeitet. Kennen Sie auch solche Frauen, vor denen man sich fast ein bisschen fürchten würde, wäre man nicht in der privilegierten Situation, Kunde zu sein?

Sabrina geleitet mich lächelnd zu einem Platz und legt sofort los – und mir ist relativ rasch klar, dass hinter mir keine Meisterin ihres Fachs handwerkt. Beim Waschen werden meine Ohren so gut bewässert, dass ich Angst bekomme, daraus würden demnächst Blumen sprießen. Danach krault Sabrina meine Kopfhaut, als befände sie sich im Streichelzoo bei den Jungtieren, und zuletzt spült die junge Friseurin mit einem Schuss eiskalten Wassers, wovon das meiste nicht auf meinem Kopf, sondern im Kragenausschnitt landet. Ein wenig fuchtig weise ich die junge Frau darauf hin, dass mir der nasse Kragen gleich platzen würde, was sie murmelnd zur Kenntnis nimmt – keine Ahnung, ob es sich bei dem Genuschel um eine Entschuldigung oder um einen Fluch handelt.

»Wie hätten Sie's denn gern?«, fragt mich die Angestellte daraufhin lächelnd. »Kürzer!« Was soll ich auch mehr sagen? Meine Haare sind nur wenige Zentimeter lang, großartige Veränderungen oder gar Experimente sind daher kaum möglich, weshalb jedes weitere Wort an Haarspalterei gegrenzt hätte.

Sabrina lässt sich trotz meiner Kurzangebundenheit offensichtlich keine grauen Haare wachsen, nickt und beginnt mit ihrem Werk. Ich schließe die Augen, um keinen Blick auf das sich anbahnende Desaster – dass es eines werden würde, war mir bereits bei der Flutung meiner Ohren klar – werfen zu müssen.

»Fertig!«, vernehme ich etwa fünfzehn qualvolle Minuten später die Stimme der Friseurin. Ich hebe schweißgebadet vor Angst die Lider und … erblicke Unaussprechliches im Spiegel: Mit den rund und hoch nach oben geschnittenen Stirnfransen plus lang gelassenen Haaren vor den Ohren und im Nacken sehe ich aus wie ein weiblicher Vokuhila-Mönch.

Sabrina ahnt vermutlich nicht, dass sie einem Anschlag meinerseits, bei dem ich sie an ihrer Lockenmähne durch das gesamte Geschäft geschliffen hätte, nur um Haaresbreite entgangen ist. Sie tanzt lächelnd mit dem Spiegel für einen Anblick meines Hinterkopfs an. Ich bitte winselnd um Gnade und bezahle den an den Haaren herbeigezogenen hohen Preis von 45 Euro, da ich prinzipiell nie um Geld streite. Anschließend marschiere ich schnurstracks zur Chefin, der ich empfehle, den Beruf zu wechseln. Ich deute an, sie möge doch bitte zukünftig dort Boss spielen, wo man unfähige Mitarbeiter tolerieren kann, wie beispielsweise im Staatsdienst, keinesfalls jedoch in einem Friseursalon oder Domina-Studio. Okay, ich gebe es zu, den Nebenjob erwähne ich nicht, weil ich doch ein bisschen Angst bekomme, als mir diese riesige Frau mit mahlendem Kiefer gegenübersteht.

Mein Humorlevel, das sich in einer Zeit tiefer Trauer und beißender Wut auf Tom ohnehin auf einem Tiefstand befindet, ist von Minute zu Minute rapide weiter abgesunken und hat sich inzwischen bei null eingependelt. Ich schaffe es, den empfohlenen Friseurladen hocherhobenen, obwohl verunstalteten, Hauptes zu verlassen, ohne jemandem ein Haar zu krümmen.

Als ich mich auf dem Heimweg befinde, ruft die von mir soeben zur Bekannten degradierte »Freundin« an und fragt nach, wie es mir mit ihrer Empfehlung ergangen sei. Ich habe für sie nur einen Rat: »Maria ist leider nicht mehr da. Ich war bei Sabrina, die musst du das nächste Mal unbedingt auch verlangen, die ist super!«

Soll ich mich jetzt überhaupt noch zur Kosmetikerin wagen? Was würden Sie mir nach dem Fiasko beim Friseur raten? Ach, was soll's, schlimmer kann es nicht mehr werden, und ich muss versuchen, meine ins Auge gefassten Ziele trotz Destabilisierung meines emotionalen Zustands zu erreichen.

Eine Stunde später stellt sich heraus: Es war die falsche Entscheidung. Nach der Gesichtsbehandlung, im Zuge derer bei mir mehrmals Folterkammer-Feeling aufkam, habe ich mir ein Make-up vom Profi geleistet – man gönnt sich ja sonst nichts. Jetzt sehe ich aus wie eine Nutte in Pastell mit Graffiti-Elementen um die Augen und kann mich des Eindrucks nicht erwehren, dass man an mir herumexperimentiert und mittels der verwendeten Schminktechnik ein Statement gesetzt hat – wofür oder wogegen auch immer.

Jedenfalls werde ich bis an mein Lebensende beim Anblick von Pastellfarben in meinem Gesicht in einem pawlowschen Reflex zu würgen beginnen – wen, weiß ich noch nicht. Oder doch, es ist mir gerade eingefallen.

TAG 16/TAG 17:

TOM IM KELLER

Wieder zu Hause würde ich am liebsten auf die Knie fallen und den Boden unter meinen Füßen küssen. Welcher Teufel hat mich geritten, so bald nach der Trennung von dem Taugenichts meine schützenden vier Wände zu verlassen und mich neben der notwendigen Nahrungssuche in derart hoher Frequenz wieder ins alltägliche Leben zu stürzen?

Ich beschließe, mich für eine weitere Woche einzuigeln, in Selbstmitleid zu suhlen und mich nur in kleinen Schritten zu resozialisieren. Und, nicht zu vergessen, meine Haare nachwachsen zu lassen.

Heute leide ich zudem am Phantom-Vibrations-Syndrom – ich vermeine ständig, mein Handy vibrieren zu hören, obwohl es stumm neben mir liegt wie ein toter Fisch. Als das Telefon den ganzen Abend über nicht klingelte, wusste ich, dass es Tom war, der da nicht anrief. Ob er mich wohl komplett aus seinem Leben gestrichen hat oder doch hin und wieder an mich denkt? Doch woran würde er sich erinnern, wenn er unsere gemeinsame Zeit Revue passieren ließe? An den immer seltener über die Bühne gehenden und dabei zunehmend oberflächlicher und liebloser gestalteten Sex? An meine Trägheit, was gemeinsame Unternehmungen oder die Zukunftsplanung betraf? An meinen Ehrgeiz, der mich immer mehr Zeit in der Redaktion hat verbringen lassen? Oder widmete er seine Rückschau eher den guten Momenten in unserer Beziehung, etwa gemeinsamen Urlauben in entfernte Länder und heißen Nummern am Strand, verrückten Streichen, die wir Freunden spielten, Augenblicken der vollkommenen Harmonie im Gleichklang unserer Seelen … Wir wären noch ein Paar, hätten wir besser auf unsere Beziehung geachtet und die kaputten Stellen gemeinsam repariert, davon bin ich überzeugt.

Gegen 22 Uhr geht mir die Einsamkeit kräftig auf den Wecker, obwohl mich der Fernseher zu unterhalten versucht und ich weiß, dass ich jederzeit zu meinem Nachbarn Markus auf einen Kaffee oder ein Bier gehen könnte. Für eine kurze Zeit löst eine der vielen Trash-Shows, in welchen sich die immer gleichen Z-Promis zum Affen machen, Erheiterung in mir aus – aber zur Rückkehr meines von Natur aus sonnigen Naturells reicht das noch lange nicht. Schon bald plagen mich nicht meine Lachmuskeln, sondern eher wieder suizidale Absichten beim

Anblick der peinlichen, penetrant um Aufmerksamkeit bettelnden Möchtegern-Stars. Was halten Sie von solchen Sendungen?

Und so setze ich mich vor den Computer und starre ihn an, als wolle ich ein wildes Tier hypnotisieren. Eigentlich wollte ich mich weiter schonen und keine hämischen, »gut gemeinten« oder wirklich mitfühlenden Kommentare zu meinem Single-Status lesen. Vielleicht wähle ich einfach die Light-Variante und öffne vorerst nur mein Mail-Programm, das soziale Netzwerk kann noch ein paar Tage warten.

Plötzlich läutet es an der Tür und ich erstarre vor Schreck in der Bewegung wie in kaltes Wasser gegossenes Blei. Im besten Fall ist es Markus, den ich versehentlich telepathisch angelockt habe, im schlechtesten irgendeine Freundin mit Sektflasche in der Hand und Partyhütchen auf dem Kopf, die mich aufmuntern will. Ich schleiche ins Vorzimmer und überlege, wie peinlich es werden könnte, wenn ich einen Blick durch den Spion werfe und mich die Person auf der anderen Seite dabei erwischt. Mir fällt auf, dass ich noch nie darüber nachgedacht habe, ob man außen mein riesiges Auge sieht, wenn ich durch das Guckloch schaue. Vermutlich nicht … das wäre gruselig.

Ich beschließe, nicht als »das Auge hinter dem Glas« in die Geschichte einzugehen – das wäre ein guter Titel für einen Horrorfilm, meinen Sie nicht auch? –, und öffne dem ungebetenen Gast die Tür. Und der ist wirklich höchst ungebeten: Tom!

Verlegen sieht er mich mit leicht gehobenen Mundwinkeln und schief gelegtem Kopf an. Früher fand ich das einmal süß, heute finde ich, er sieht aus wie ein Zwölfjähriger, der die Hausaufgaben vergessen hat und seine Lehrerin mit einem Dackelblick um den Finger wickeln will.

»Was willst du?«, herrsche ich ihn an.

»Gibst du mir bitte den Kellerschlüssel? Ich habe noch meine CDs unten.«

Die habe ich glatt vergessen. Schade, gerne hätte ich jede einzelne mit großem Genuss zertreten und mir mit den Scherben eine Collage der zerbrochenen Träume gebastelt. Ich verschränke die Arme vor der Brust und lächle boshaft.

»Kaputt!«

Das Lächeln rutscht aus Toms Gesicht und ich muss mich bemühen, ernst zu bleiben.

»Kaputt?«, wiederholt er mit dämlichem Gesichtsausdruck.

»Kaputt.« Ich spüre ein leichtes Glucksen, das in mir aufsteigt und einen Lachflash ankündigt. Bevor mich Tom verließ, war ich ein fröhlicher Mensch, weil ich mich geliebt und geborgen fühlte. Jetzt muss ich mir meine Momente der Heiterkeit anders verschaffen – selbst schuld, du elender Wicht! Du erbärmlicher Wurm! Du …

»Warum?«, ertönt es kläglich.

»Weil ich sie zerstört habe; an dem Tag, an dem du mich wegen zwei Silikontitten zur Seite gelegt hast wie ein altes, ausgedientes Spielzeug!«, gebe ich mitleidlos zurück, händige ihm aber gleich darauf den Schlüssel aus, weil ich den Platz im Kellerraum ohnehin für mich benötige.

»Hol deinen Mist. Es sind auch noch deine Schlittschuhe, zwei alte Radios und ein paar Winterklamotten von dir dort. Pack alles zusammen und verschwinde. Den Schlüssel kannst du mir auf die Fußmatte legen.«

Der letzte Ausdruck in seinem Gesicht, den ich sehe, spiegelt Resignation wider – Tom hat meine Verbalschnappattacken, die ich in der Vergangenheit meist weit besser platziert und intelligenter formuliert habe als meinen zahnlosen Krokodilbiss von soeben, immer gehasst. Den Gedanken zähle ich nicht, nur zu Ihrer Information, der ist zu nah dran am Geschehen.

Nach meiner guten Tat, die CDs *nicht* zerbrochen zu haben, knalle ich meinem Ex-Freund die Tür vor der Nase zu.

Mit Wut im Bauch und einem lästigen Ziehen in der Herzgegend setze ich mich wieder vor den PC und fahre ihn hoch. Und wehe, ich finde eine einzige geheuchelt freundliche Mail oder blöde Meldung bei den Kommentaren im sozialen Netzwerk. Jetzt bin ich bereit für das ganze Programm.

Während ich meinen virtuellen Postkasten leere, Nachrichten abarbeite, beantworte und lösche, bin ich mir der Anwesenheit meiner ehemals großen Liebe unter mir fast schmerzhaft bewusst. Meine Motivation, heute mit meinem Dating-Artikel zu beginnen, ist im Keller. Ich werde Gregor bitten, diesen Job jemand anderem zu geben. Vielleicht der Pamela Anderson für Arme, die in der Redaktion mir gegenübersitzt und deren aufdringlich süßes Parfüm mir ständig in die Nase beißt. Oder dem Hippie aus dem Raum nebenan, in dessen verfilzten Locken sich die Läuse schaukeln.

Ich werfe einen Blick auf die Uhr: Ja, ich kann noch anrufen, es ist erst halb neun.

»Grabner«, meldet sich mein Chef, der aussieht wie die fettere Ausgabe von Gerard Depardieu, ohne auch nur annähernd über dessen Charisma, Berühmtheit, Geld oder Haarpracht zu verfügen.

»Gregor«, beginne ich und versuche, verständnisheischend zu klingen. »Kann diese Geschichte, die du mir gegeben hast, bitte jemand anders schreiben? Meine langjährige Beziehung ist gerade erst in die Brüche gegangen …« Eigentlich müsste mein Vorgesetzter das wissen, da er sich stets rege am Büroklatsch beteiligt.

»Eben deswegen!«, dröhnt es mir gleich darauf so laut aus dem Handy entgegen, dass mir das Gerät fast aus der Hand fällt. »Ich will von dir eine umfangreiche Story, auf welche Art und warum sich Frauen von ihren Partnern trennen.« Wie bitte? Ich sollte doch über die Vor- und Nachteile von Online-Dating schreiben! »Und wie unsere Reporterin nach einem Abstieg vom Pferd so rasch wie möglich in einem neuen Sattel sitzt, den sie im Internet gefunden hat«, fährt er mit dem Einfühlungsvermögen eines Auftragsmörders fort.

»Das nenne ich seelische Grausamkeit.« Mein Zeigefinger zeichnet eine Spirale über der Schläfe. Der spinnt eindeutig, der Typ. Dass ich nicht von einem Ross abgestiegen, sondern von meinem Gaul abgeworfen wurde, verschweige ich wohlweislich.

»Unsinn! Du musst raus aus dem Loch, das du dir so gemütlich als Komfortzone eingerichtet hast, dieses Kapitel in deinem Leben abschließen. Recherchiere, reflektiere, lass deine eigenen Erfahrungen, von wegen Beziehung und Beziehungs-Aus, in den Text mit einfließen. Schreib über das Dating-Verhalten im Internet, mach ein paar Interviews. Lass dir von guten und schlechten Erfahrungen berichten. Du wirst sehen, danach hast du deine Trennung komplett verarbeitet.« So ein pseudopsychologischer Schrott nennt sich wohl Männerlogik!

»Hugh, ich habe gesprochen! Ich freu mich auf deinen Output.«

Und ich mich auf den Input, den ich dir in deinen verlängerten Rücken verpasse, sodass du drei Tage lange nicht sitzen kannst, denke ich. Seufzend murmle ich ein paar halbunflätige Bemerkungen ins Telefon, die Gregor mit einem »Ja, ja« kommentiert und deren Wirkung er mit einem Lachen außer Kraft setzt. Es ist also beschlossen: In zwei Wochen muss der Artikel auf seinem Tisch liegen beziehungsweise in seinem Mail-Postfach landen.

Ob Tom wohl noch immer … Ach, zum Kuckuck! Aber dieses kurze Abschweifen war ziemlich naheliegend, wo doch das Objekt meiner Verwünschung gerade einmal etwa fünfzig Meter Luftlinie von mir entfernt im Keller rumort. Ich ziehe im Geist einen fetten Schlussstrich und beschließe, heute keine einzige Gehirnzelle mehr im Zusammenhang mit meinem Ex-Freund zu verwenden.

Vorsichtig öffne ich die Tür und erblicke den Schlüssel auf meiner Fußmatte liegen. Darunter befindet sich ein zusammengefaltetes Stück Papier. Ich hebe den Zettel auf, entfalte ihn und lese: *Danke, dass du die CDs nicht kaputt gemacht hast!*

Bitte, gern geschehen, du Wichser!

Ich zerknülle das Blatt und werfe es in hohem Bogen hinter den Schreibtisch.

Erneut wende ich mich dem Computerbildschirm zu und stelle fest, dass sich die Lage bezüglich meiner Entzweiung mit dem Verräter beruhigt. Im sozialen Netzwerk sind zudem einige Meldungen eingegangen, die Erleichterung darüber ausdrücken, dass ich mich gemeldet habe und es mir den Umständen entsprechend gutgeht. Tut es das? Wie beurteilen Sie die Situation?

Und weil ich sowieso nichts anderes vorhabe, tippe ich »Vor- und Nachteile von Online-Dating« in die Suchmaschine ein. Ein bisschen Recherche kann ich mir trotz angeschlagener Psyche sicherlich zumuten. Vielleicht benötige ich ein wenig Kamillentee, denn mein Körper hat sich noch nicht ganz erholt. Ich brauche nur an den Schnaps von letzter Nacht zu denken, schon wird mir übel. Ähnlich geht es mir mit der Erinnerung an meinen Ex-Freund. Scheiße! Wieder eine Gehirnzelle infiziert und für alle Zeiten unbrauchbar.

Das Telefon läutet. Es ist die Rüsselkäfer-Expertin.

»Schuhe vollständig gesäubert?«, melde ich mich mit Sarkasmus in der Stimme. Ich kenne niemanden, dem ein perfektes Äußeres und makelloses Auftreten so wichtig ist wie Heidi, die mindestens ein Drittel ihres Gehalts für ihr Erscheinungsbild und Wirken auf andere ausgibt. Vermutlich hat sie die sündteuren Ledertreter längst verbrannt und es so aussehen lassen, als hätte sie dem Gott des Konsums und der Schnäppchenjagd ein freiwilliges Opfer gebracht.

Meine Freundin räuspert sich und nuschelt so etwas wie »Flecken … hartnäckig … unangenehmer Geruch …« ins Telefon. Ja, Kotze stinkt. Vor allem die, in der sich Gift und Galle aufgrund eines schmählichen Verrats befinden. Und wieder eine Gehirnzelle futsch.

Rasch wechselt meine Gesprächspartnerin das Thema und fragt mich, ob ich Lust habe, morgen auszugehen.

»Nur ein bisschen tratschen in einer kleinen Bar, an einem Cocktail nippen, Blicke schweifen lassen.« Der letzte Punkt macht mich sofort hellhörig, doch ich lasse mir meinen Ärger über ihre wenig subtile Art, mir mitzuteilen, ich solle wieder auf Partnersuche gehen, nicht anmerken. Meine Freundin würde das in meiner Lage auf jeden Fall tun, sie vertritt die Ansicht: Zu jedem Topf gibt es den passenden Deckel – und findet man den nicht auf Anhieb, nimmt man in der Zwischenzeit Frischhaltefolie.

»Gut, gehen wir einen heben und fremden Männern auf den Arsch glotzen«, erwidere ich burschikos, wohl wissend, dass Heidi meine derbe Ausdrucksweise nicht ausstehen kann.

Sie entgegnet knapp, aber erfreut: »Super! 19 Uhr vor dem *Einhorn*, sei bitte pünktlich« und ersucht mich anschließend, »etwas Hübsches« anzuziehen. Zu Befehl. Die wird sich wundern – ebenso wie der Laden, in dem wir aufzuschlagen gedenken.

Fröhlicher gestimmt als in den vergangenen Tagen gehe ich zu Bett und hoffe, dass die voreilige Zusage zu dieser Unternehmung kein Fehler war.

TAG 17:

Ein Bindungshormon auf Reisen

Nach einem Kaffee und einer gedanklich gerauchten Morgenzigarette fühle ich mich bereit, mit dem Artikel über Trennung und die Vor- und Nachteile von Online-Dating aus der Sicht der Frau zu beginnen. Offiziell befinde ich mich noch im Urlaub, doch dieses Wort und der Begriff Homeoffice rücken ohnehin immer näher zusammen – ich sehe mich in einigen Jahren an der spanischen Costa del Furz sitzen und eine Reportage über die wachsende Anzahl tierliebender Toreros schreiben: weinende Helden, die sich in riesige rote Tücher schnäuzen und eine Lanze für die Stiere brechen, ein Land in der Sinnkrise, Tourismus rückläufig, Arbeitsmarkt mit jobsuchenden Matadoren überfordert.

Ich hole mir einen Energydrink aus dem Kühlschrank, zu gesund will ich schließlich auch nicht leben, und fahre den Computer hoch, um eine Einleitung zum Thema

Trennung vom Partner zu schreiben. Ich habe heute kein einziges Mal an … Teufel auch … Tom gedacht.

Zwei Stunden später blicke ich stolz auf das Ergebnis meiner Arbeit, das ich Ihnen nicht vorenthalten möchte – damit wir nicht laufend nur über mich und meine vorläufige Unfähigkeit der Trennungsverarbeitung sprechen:

Mit den Forschungsergebnissen des Stockholmer Karolinsk-Instituts im Rücken könnte es sein, dass wir Frauen bald eine weitere Pille schlucken müssen – eine mit dem Bestandteil Oxytocin. Dieses »Bindungshormon«, das in der Hirnanhangdrüse gebildet wird, ist unter anderem für Gefühle wie Liebe, Treue und Vertrauen sowie für das Bedürfnis nach Nähe und Geborgenheit verantwortlich und wirkt demzufolge sozialen Ängsten entgegen, etwa der Furcht vor längerfristigen Beziehungen.

Möglicherweise ist es nur noch eine Frage der Zeit, bis man uns die Anti-Trennungs-Pille verabreicht, damit die Männer keine Angst mehr haben brauchen, dass ihnen die Frauen nach wenigen Monaten davonlaufen – denn an ihnen und ihrem Verhalten den Partnerinnen gegenüber kann es ja unmöglich liegen.

Dass die Haltbarkeit mancher Beziehungen nicht länger ist als die von gehacktem Fleisch, liegt laut Wissenschaft an den weiblichen Genen. Bestimmte Erbinformationen sind daran schuld, dass das Hormon Oxytocin nicht richtig verarbeitet oder in zu geringer Menge produziert wird. Ein liebevoll »Scheidungs-Gen« genannter Bestandteil der DNA löst angeblich bei manchen Frauen eine Abneigung gegen zu feste, zu lang dauernde Bindungen und einen entsprechenden Fluchtreflex aus. Diese Erkenntnis entlastet so manchen Single. Beziehungsgefrustete Männer und Frauen könnten sich endlich einreden, immer nur an gen-defekte Exemplare geraten zu sein bei der Partnerwahl. Fragen wie »Warum gerate ich bloß immer an die oder den Falschen?« werden bald der Vergangenheit angehören.

Und jene Damen, die an dieser Stelle immer noch nichts dazugelernt haben, könnten Zeit und Geld anstatt in die Suche nach Mr. Right in einen Gentest investieren und sich nach ärztlich attestiertem Oxytocin-Mangel das Hormon oral verabreichen lassen. Während die einen eine gescheiterte Beziehung dem Schicksal anlasten, andere den Grund in den Sternen zu finden glauben oder schlechtes Karma verantwortlich machen, haben Forscher so lange in der DNA herumgewühlt, bis sie diesen po(u)ssierlichen Gendefekt entdeckt haben.

Doch auch wenn Pfuscherei mit Erbmaterial längst nichts Neues mehr ist, geht eine Korrektur mithilfe einer künstlichen Hormongabe völlig an der natürlichen Entwicklung vorbei: Der Grund, warum so manche Frau sich rasch aus einer Beziehung löst, hat vermutlich wenig mit Chromosomen zu tun. Manche sind einfach weniger dazu bereit als andere, faule Kompromisse zu schließen, ihre Leidensgrenze permanent zu überschreiten und die Kompatibilität mit dem jeweiligen Mann ein Leben lang unhinterfragt zu lassen.

Will Mann seine Partnerin enger an sich binden, sollte er zunächst einmal damit anfangen, sie zu verstehen, zu respektieren und vor allem nicht zu verändern und an die eigenen Bedürfnisse anpassen zu wollen. Denn tötet man die Dämonen eines Menschen, verschwinden mit der Zeit auch seine Engel.

Klingt dieser Text zu negativ? Ist er sogar männerfeindlich? Was meinen Sie?

Aber Verzeihung, wer hat mich denn gebeten, mit Hass auf meinen Ex-Freund – dieser Gedanke an Tom wird keinesfalls hinzuaddiert – einen Artikel zu diesem Thema zu verfassen? Mein Chef! Also wird er mit den Konsequenzen leben müssen. Hugh, ich habe gesprochen!

Ich bin gerade in Fahrt und beschließe, gleich den nächsten Teil zu schreiben, in dem ich das Bindungshormon auf Reisen schicke. *Meines* zumindest, denn das kann mindestens für die nächsten fünf Jahre bleiben, wo der Pfeffer wächst.

Zwei mit Käse belegte Brote und einen Salat später tippe ich an der Fortsetzung meiner Dating-Story. Nach der Recherche kommt jetzt der Teil, in dem ich meiner Fantasie freien Lauf lassen kann – und so erfinde ich einfach eine Trennung, und zwar eine, die aus meiner Sicht eindeutig günstiger verläuft als der emotionale K. o., den mir Tom verpasst hat.

Als Trägerin des erwähnten defekten Gens, scheinbar zumindest, beende ich Beziehungen stets kurz und schmerzlos, was für den jeweiligen Mann nur wenig bis gar nicht traumatisierend ist – das tue ich jedoch nicht, weil ich das betreffende Exemplar schonen möchte, sondern aus Loyalität anderen Frauen gegenüber, denn eine davon bekommt ihn ja höchstwahrscheinlich ab. Und dieser einen möchte ich den Typen nicht beziehungsgestört hinterlassen.

Frei nach dem Motto »Wenn ich fliegen will, muss ich loslassen, was mich runterzieht« beschließe ich eines Sonntags, mit Robert Schluss zu machen, da er um acht Uhr morgens viel zu gut gelaunt unter der Dusche steht. Ich hingegen wäre dem neuen Tag wie auch zwei Minuten zuvor meinem Freund am liebsten mit ausgefahrenen Krallen ins Antlitz gesprungen – so früh aus dem Bett steigen zu müssen, ist meiner Meinung nach eindeutig ein Schritt in die falsche Richtung. Natürlich hat meine morgenmuffelige Entscheidung nicht wirklich etwas mit dem männlichen Singsang im Badezimmer zu tun, denn nachdem ich schon seit Wochen unter einer ausgeprägten Testosteron-Allergie leide und Roberts Körperflüssigkeiten mittlerweile meide wie der Teufel das Weihwasser, läuft es ohnehin kerzengerade auf eine Trennung hinaus. Zudem hat sich mein fescher, loyaler und unkonventioneller Freund, der einst auf der Seite der Schwachen gegen die korrupten Machenschaften Wirtschaftstreibender kämpfte, nach einem Jahr als Anwalt in einer Nobelkanzlei sehr zu seinem Nachteil verändert. Aus ihm ist ein arroganter Beau geworden, ein stereotyper Konformist mit unscharfen Konturen, dessen Blick nur bis zum Horizont und nicht darüber hinaus reicht, der in Klischees und kollektiven Mustern denkt und sich hinter Sprachhülsen versteckt. Zudem ist der Sex mit ihm so langweilig und verlogen geworden wie der feucht-lasche Händedruck eines Politikers.

Ich entschlüpfe der Bettdeckenburg, aus dessen allabendlicher Erbauung Psychologen vermutlich eine Sehnsucht nach dem Mutterleib konstruieren, und gehe in die Küche. Zehn Minuten später steht Robert tropfend und nach meinem Pfirsichduschgel duftend vor mir und strahlt mich an. Mit wirr abstehenden Haaren und mindestens drei Schlafkörnern in jedem Auge sitze ich mit meinem Morgenkaffee vor ihm und hoffe, dass das Koffein langsam zu wirken beginnt. Als die Taubheit im Gehirn endlich nachlässt, formuliere ich die folgenschweren Sätze: »Robert, zieh dich an und verschwinde aus meiner Wohnung. Wir passen nicht zusammen, harmonieren weder geistig noch körperlich. Du bist vielleicht der Richtige, aber für eine andere Frau. Tut mir leid.«

Der Knabe im Handtuch versenkt seinen Blick starr in meine Augen, während er den Küchenfußboden volltropft, und schüttelt dann langsam den Kopf. »Das meinst du nicht ernst, stimmt's?«

Okay, er will es auf die harte Tour: »Ich sag mal so: Sobald du es kapiert und dich aus meiner Wohnung entfernt hast, werde ich vor Freude dreimal masturbieren.«

»Hast du dich plötzlich in Samantha aus Sex and the City *verwandelt?«, will er kopfschüttelnd wissen, immer noch mit einem Fünkchen Hoffnung im Leib, ich könnte beruflich auf Schauspielerin umsatteln und gerade eine Rolle proben.*

»Bitte geh!«, trete ich meinem Freund neuerlich verbal in die Eier und klebe meine Lippen wieder an die Kaffeetasse, um zu signalisieren, dass jedes weitere Wort von meiner Seite eines zu viel wäre.

Selbstverständlich könnte ich auch weichgespült mit Robert reden, dabei müsste ich ihm jedoch die unerfreulichen Tatsachen, was genau nicht oder nicht mehr passt, detailliert vor Augen führen, unter Umständen Verbesserungsvorschläge abwehren und mir womöglich Gebettel bezüglich einer Fortsetzung der Beziehung anhören und damit Lebenszeit von uns beiden verschwenden – und es würde nichts an der Situation ändern.

Robert verlässt zehn Minuten später meine Wohnung, nachdem er sich schimpfend und fluchend angezogen und seine Sachen zusammengepackt hat. Fröhlich singend wische ich den Küchenfußboden trocken und erfreue mich an diesem wunderschönen Sonntagmorgen, an dem es noch viel zu tun gibt.

Das hat erstaunlich gutgetan, stelle ich befriedigt fest. Vielleicht sollte ich jetzt tatsächlich einem Mann, stellvertretend für Tom – ja, schon gut – in die Eier treten. Das würde mir sicher helfen, mein Trauma zu überwinden.

Ein Blick auf die Uhr wirft mich fast vom Stuhl. In einer Stunde treffe ich mich mit Heidi, um ein neues Pferd zu finden und auf dessen Sattel zu klettern, wie mein Chef Gregor sich ausdrücken würde. Und ich muss noch duschen und Zähne putzen, denn nach Arbeitsmief stinkend und mit Käsebrot-Atem würde mich wohl kaum ein Hengst aufsteigen lassen. Außerdem sollte ich mir ja laut meiner Freundin »etwas Hübsches« anziehen. Und enttäuschen will ich sie doch keinesfalls!

TAG 17:

Schönsaufen und Waterboarden

Um 19 Uhr steh ich vor dem *Einhorn*, eine Bar, in der auf jedem Tisch ein phallusartiger Spitz als Kartenhalter dient und auf der Toilette jeder Frauenhintern nach einem Kontakt mit der Klobrille rosa glitzert – was soll ich Ihnen also über das Niveau des Lokals erzählen? Jetzt, wo ich darüber nachdenke, würde mich doch interessieren, wie der Gag auf dem Männer-Pissoir umgesetzt wird.

Doch bevor Bilder von schwarz funkelnden Penissen in meinem Kopf Speicherplatz belegen, sehe ich in der Ferne Heidi auf mich zuschreiten. An ihrer Seite befindet sich Veronika, die vor einem halben Jahr Emotionskrebs bei mir ausgelöst hat, der nie geheilt wurde. Die Stutenbissigkeit dieser Frau ist legendär. Sie hat dieses gewisse Grundtalent, Sticheleien mit Kalkül so geschickt zu platzieren, dass sie schmerzhaft am Ego ihres weiblichen Opfers kratzen – Heidi blieb damals verschont, als wir öfter zusammen unterwegs waren, ich nicht. Sie hat mir permanent verletzende verbale Tiefschläge verpasst, beispielsweise mit süßlicher Stimme geschwärmt, wie entzückend knabenhaft ich mit meiner neuen Kurzhaarfrisur aussähe, und dabei einen bedeutsamen Blick auf meine nicht besonders ausladende und in ihren Augen daher offensichtlich wenig einladende Auslage geworfen.

Ich bin längst über ihre Gemeinheiten hinweg und sehe ihr mit emporgerecktem Kinn entgegen. Wenn das Gehirn dem Mund verbietet, auszusprechen, was man denkt, hält man lieber die Klappe, daher lasse ich Veronikas Begrüßung stumm über mich ergehen. Erst als sie sagt: »Ich weiß, ich war damals total gemein zu dir. Vergeben und vergessen?«, melde ich mich zu Wort und erwidere mit mindestens einem Kilo Zucker in der Stimme: »Sicher nicht – ich bin nicht Jesus und habe auch kein Alzheimer.«

Heidi, die zuvor noch gestrahlt und offenbar auf eine Versöhnung gehofft hat, seufzt tief und erklärt: »Veronika hat es gerade echt nicht leicht. Deshalb habe ich ihr vorgeschlagen, heute mit uns um die Häuser zu ziehen, als sie mich nachmittags völlig deprimiert anrief.«

Am liebsten hätte ich geschrien: »Du blöde Kuh, mir geht es auch nicht gut, und jetzt, dank deiner grandiosen Idee, noch gleich viel schlechter!« Doch ich bewahre Contenance und nicke so huldvoll wie Kaiserin Maria Theresia, als ihre Untertanen vor Schloss Schönbrunn standen und um Brot baten.

Tom (an diesem Gedanken ist jetzt aber eindeutig dieses blöde Weib Veronika schuld!) hat immer gesagt, ich soll nicht nachtragend sein. Bin ich aber. Ich beschließe, meine Feindin vorerst in Ruhe zu lassen und später, wenn sie sich in trügerischer Sicherheit wiegt, einen rhetorischen Rachefeldzug zu starten. Ich darf nur nicht vergessen, den Subtilitätsgrad des Verarschens dem IQ meines Gegenübers anzupassen. Sonst würde sie gar nicht merken, dass ich zum Gegenschlag ausgeholt habe.

Fünf Minuten später sitzen wir im lauschigen Schanigarten des Lokals und nippen an eiskaltem Gin Tonic, während sich auf der Terrasse des Nobelschuppens gegenüber die männliche High-Snobiety der Umgebung versammelt hat. Unter den Schlipsträgern befindet sich ein Jugendfreund von mir: Rudi, der mich verhalten grüßt, anstatt zu winken, so wie er es früher gemacht hat – eine Geste, die sich mittlerweile offensichtlich nicht mehr mit seinem Status vereinbaren lässt. Veronika kann sich einen bissigen Kommentar in Richtung der hochnäsigen Herren nicht verkneifen und provoziert damit ein paar empörte Blicke in unsere Richtung, während Rudi angestrengt in die langsam untergehende Sonne stiert. Unsere Begleiterin, die Heidi jetzt auch ein wenig peinlich ist, weiß halt, wie man sich benimmt. Mir ist sie jedoch, das gebe ich zu, gerade ein kleines bisschen sympathischer geworden.

Nach einer Stunde beiläufiger Konversation ohne Tiefgang, bei der ich permanent den Faden verliere, sage ich mir: Schluss mit der uninspirierten und uninteressanten Plauderei. Smalltalken kann ich schließlich an der Bushaltestelle mit Fremden, etwa über das entsetzliche Wetter, die Unpünktlichkeit der öffentlichen Verkehrsmittel, die Schweißfüße des geliebten Vierbeiners oder den künstlichen Darmausgang der Großmutter. Ich bin heute fortgegangen, um mit meiner Freundin einen netten Abend zu verbringen, und den gedenke ich auch zu haben, um mich ein wenig vom Trennungsschmerz – auch wenn der Name nicht fällt, zählt der Gedanke, fürchte ich – abzulenken.

Da ein konstruktives Gespräch in dieser Konstellation nicht möglich ist, wie ich rasch feststellen muss, beschließe ich, auf andere Art Spaß zu haben.

»Wir führen jetzt ein wissenschaftliches Experiment durch«, verkünde ich wichtig. »Heidi, hol Zettel und Kugelschreiber. Ich bestell mir jetzt ein großes Bier, dann noch eines, dann … nun, wir werden sehen. Ich werde mir jetzt die Männer in dieser Bar schönsaufen.«

Erst kürzlich habe ich gelesen, britische Forscher hätten festgestellt, dass der Konsum von Alkohol andere Personen attraktiver erscheinen lässt. Warum wundert mich nicht, dass ausgerechnet die Engländer scharf darauf waren, das zu testen? Mittels eines Experiments haben sie herausgefunden, dass eine gewisse Menge Sprit im Blut eine Symmetrie der Gesichtszüge vortäuscht, welche für die Attraktivität einer Person entscheidend ist. Der vernebelte Blick verschönte nicht nur die Mitmenschen des anderen

Geschlechts, sondern sogar das eigene Erscheinungsbild, etwa beim Blick in den Spiegel. Wie praktisch … Warum wundert mich nicht, dass ausgerechnet die Engländer …

»Spinnst du?«, unterbricht meine Freundin wenig charmant meine Überlegungen.

»Nö.« Ich mache den zwischen den voll besetzten Tischen herumeilenden Ober mit einem »Hallo!« auf mich aufmerksam. Keine zwei Minuten später steht ein Krug Gerstensaft mit herrlicher Schaumkrone vor mir.

Tom hat es gehasst, wenn ich Bier trank. Er meinte, mein Mundgeruch danach würde einen ausgewachsenen Bären ins Koma versetzen. War mir egal, da ich nicht davon ausging, nach einer Sauftour Meister Petz über den Weg zu laufen.

Um die Dramatik ins Unermessliche zu steigern und die Wirkung zu beschleunigen, ordere ich einen Strohhalm.

Ich habe mich schon oft gefragt, warum Ballermann-Touristen grüppchenweise vor Eimern voller Sangria sitzen und das alkoholische Getränk durch bunte Plastikröhrchen schlürfen, anstatt es mittels klassischer Glas-zum-Mund-führ-Technik zu konsumieren. Weil das den Zusammenhalt der Saufgemeinschaft fördert? Um mit den Speichelanteilen der Mittrinker körpereigene Abwehrkräfte zu stärken? Weil man damit seine Abneigung gegen gesellschaftliche Zwänge demonstriert?

Wohl kaum – viel eher hängen die Menschen Kopf an Kopf am Eimer wie Pferde vor der Tränke, weil der

Alkohol nicht nur aufgrund der sommerlichen Hitze auf der Baleareninsel schneller vom Mund ins Blut wechselt, sondern auch dank der benutzten Strohhalme. Angeblich. Aber das werden wir ja bald wissen.

Im Zuge frühjugendlicher Alkoholrecherchen habe ich mich mit diesem Thema bereits beschäftigt und folgende – nicht forschungsrelevante – Erklärung in einschlägiger Literatur gefunden: Durch den Strohhalm wird das Getränk in kleineren Mengen durch den Mund befördert, die Mundschleimhaut wird besser »bespült«, ein größerer Teil des Alkohols kann schon im Mund resorbiert werden und ohne den zeitraubenden Umweg über den Verdauungstrakt ins Blut gelangen. Ergo: Man ist schneller betrunken! Na, das wollen wir doch einmal sehen! Ich führe jetzt mein eigenes Experiment durch – genau genommen sind es sogar zwei Versuche, zählt man das Schönsaufen hinzu.

Mit mittelschwerem Halmrausch nach dem ersten Bier ist mir die Lust am Streit mit Veronika, die sich heute mehr wie ein kastrierter Esel als eine bissige Stute verhält, und dem damit verbundenen Wetzen von Verbalschwertern vergangen. Die Konturen der Männer im Einhorn-Schanigarten verlieren zunehmend an Schärfe – das passiert nicht zu ihrem Nachteil, stelle ich angeheitert fest. Heidi fragt mit zusammengebissenen Zähnen, wie von mir beauftragt, zwischendurch immer wieder nach, wie attraktiv ich die anwesenden Kerle finde, und lässt mich Noten verteilen. Nicht nur zu ihrem Erstaunen, sondern auch zu meinem gebe ich dem Rotschopf mit Brille und ärmelloser Jeansjacke über einem Iron-Maiden-Shirt rechts von uns nach dem zweiten Bier mit Strohhalm eine Vier plus statt wie zuvor eine Fünf minus.

Die Hand wie einen Paravent benutzend, damit meine Worte nicht als Allgemeininfo durch den Garten wandern, raune ich Heidi eine halbe Stunde später eine weitere Bewertung zu. Selig lächelnd gebe ich bekannt, dass fast alle Anwesenden im schlechtesten Fall auf einer stabilen Drei stehen.

Im Laufe des vierten Biers beginne ich über das Leben, die Liebe und den Tod zu sinnieren, wobei mir Letzterer auf der Toilette in Form einer auf meinen Kopf zurasenden Klomuschel begegnet. Gerade noch rechtzeitig kann ich beim Fallen nach rechts ausweichen – hätte ich mich nach links gedreht, wäre ich mit dem Gesicht voran in der Schüssel gelandet. Ob man ertrinken kann, wenn man in so einem Augenblick spült? Eine neue Möglichkeit, sich ins Jenseits zu befördern? Oder geht das hier eher in Richtung Waterboarding? Ich könnte die Foltermethode ja einmal bei Tom anwenden, bis er gesteht, mich noch immer zu lieben. Ich würde ihn so lange immer wieder unter Wasser tauchen, bis er zugibt, dass diese blonde Tussi mit den beiden Ballons im Dekolleté nur ein Irrtum war. Ach, verdammt.

Zurück am Tisch bei Heidi und Veronika, Letztere würde ich übrigens auch gerne einmal waterboarden, überlege ich, ob ein One-Night-Stand sinnvoll wäre – genug potenzielle Partner gibt es im *Einhorn* mittlerweile. Relativ besoffen erkenne ich allerdings sofort auch glasklar, dass die jämmerliche Figur, die ich gerade abgebe, nur eine noch jämmerlichere flachlegen wollen würde. Und so eine traurige Gestalt will ich dann doch nicht im Bett haben.

Oder sind Sie ernsthaft davon ausgegangen, dass ich jetzt den Erstbesten abschleppe? Also wirklich, was denken Sie von mir? Dass ich nach meinem Freund auch meinen Stolz verloren habe? Nein. Es reicht vollkommen, dass mir nach zwei Liter Bier vorübergehend der gute Geschmack, was Männer betrifft, abhandengekommen ist und ich am WC fast die Klomuschel geküsst hätte. Mehr muss heute Nacht nicht mehr passieren. Ich will nach Hause in mein Bett, bitte!

Und ich hoffe sehr, der Wirt des Lokals hebt das heute bei der Verabschiedung ausgesprochene Lokalverbot bald wieder auf.

TAG 18:

Die Voodoo-Puppe

Ich erwache mit entsetzlichen Kopfschmerzen und denke an … die Airbag-Tussi, die mir meinen Freund ausgespannt hat. In meinem leicht benebelten Zustand schaffe ich es sogar, sie beim Namen zu nennen, während ich den Satansbraten zugleich zum Teufel wünsche, wo er bis in alle Ewigkeit im Höllenfeuer schmoren soll: Fabienne.

Allerdings, so sinniere ich postalkoholisch weiter und muss dabei kichern, täte mir Luzifer richtig leid, der die ganze Pampe in seinem dunklen Reich an den Wänden kleben hätte, wenn die Silikontitten in der Hitze explodieren würden. Ich bin auf ganz harmlose Art und Weise voller Sympathie für den Herren der Unterwelt, dem die Christen aus Berechnung ein falsches Image angedichtet haben. Wollen Sie wissen, wie es sich tatsächlich zugetragen hat? Falls nicht, überspringen Sie die nächsten paar Zeilen.

Ursprünglich handelte es sich bei dem Teufel um Gottes Liebling, der sich als hübscher und intelligenter Erzengel recht weit oben auf der Karriereleiter befand. Als er eines Tages wagte, Kritik gegenüber der selbstherrlichen Allmacht des Schöpfers zu äußern, wurde er von seinem Gönner mit einem Tritt Richtung Erde befördert. Luzifer schnappte Gott daraufhin ein Drittel seiner geflügelten Mannschaft weg, die den Rebellen bewunderte und sich ihm gerne anschloss, und machte sich auf den Weg zur Erde. Danach hat es sich der Ex-Engel endgültig mit dem Mann im Himmel verscherzt, als er sich mit den Menschen einließ – im Gegensatz zu den oben verbliebenen Himmelsboten, die ihren Boss weiter anhimmelten. Und genau diese kleinen Arschkriecher sind heute unsere Schutzengel, häufig in Gestalt blondgelockter adipöser Kinder, die beispielsweise eine verstorbene Person verkörpern.

Für mich ist Luzifer, dessen Name aus dem Römischen übersetzt »Lichtbringer« bedeutet, ein Held, dem sein »freier Wille« und sein mangelndes Obrigkeitsdenken wichtiger waren als sein solides, aber biederes Dasein in luftiger Höh', für das der Guru im Himmel unbedingten Gehorsam verlangte.

Vielleicht bin ich noch ein ganz klein wenig betrunken.

Ich flattere mit den Lidern wie ein panischer Kolibri, als meine verklumpten Wimpernhärchen bedrohliche Schatten wie haarige Spinnenbeine auf meine Augäpfel werfen, da ich nachts nicht mehr in der Lage war, mich abzuschminken.

Murrend rolle ich mich an den Rand der Matratze und stelle fest, dass sich die Drehung ungünstig auf meinen Allgemeinzustand auswirkt. Heute ist Freitag, das Wochenende liegt in seiner ganzen Pracht vor mir. Tom … da ist er ja wieder … wird nachmittags ins Fitnesscenter gehen und abends mit Fabienne und seinen Freunden, die zuvor auch meine waren, Party machen – wie es vor rund fünf Jahren zu seinem fixen Ritual geworden ist.

Ich verziehe angewidert mein Gesicht – allein der Gedanke an den Namen der schönheitsoperierten Barbie hinterlässt auf meiner Zunge saure Fusseln, als hätte ich über ein Stück ranzigen Käse geleckt.

Es wird Zeit, aufzustehen und meine letzten paar Tage Urlaub zu genießen. Allerdings möchte ich heute oder spätestens morgen mit den Interviews zum Thema Vor- und Nachteile von Online-Dating für meinen Artikel beginnen. Freizeit wird überschätzt und ist nur etwas für Politiker, Wirtschaftsmagnaten und Bankenmanager, finde ich. Die müssen sich hin und wieder vom Nachdenken darüber erholen, wie sie sich auf Kosten anderer an finanziellen Mitteln und Macht bereichern, Schlupflöcher für ihre Machenschaften finden, ohne dabei komplett das Gesicht zu verlieren, und darüber hinaus ihren privilegierten Status möglichst lang beibehalten können. Im Rahmen einer Erholungspause, vielleicht einer kleinen

Sommerfrische, legen sie sich dann lieber unters Messer als unter Palmen. Denn eines haben Männer wie Frauen längst durchschaut: dass die Partner voluminös gewordener Menschen den Stuss von »Natur pur« und »mehr zum Liebhaben« nur deshalb erzählen, um Diskussionen aus dem Weg zu gehen. Oder weil sie um das hart verdiente Geld fürchten, sobald Hochglanzbroschüren von teuren Kliniken mit der Post kommen. Heimlich gaffen die Oberliga-Herren dann Frauen mit riesigen Brummern hinterher und die gelangweilten Spitzenverdiener-Gattinnen sabbern kollektiv beim Anblick der sehnigen Trainer im Fitnesscenter.

Vom Denken tut mir das Gehirn weh – vielleicht spüre ich aber auch nur die Vernichtung einiger Zellen meines Nervensystems im Kopf als Nachwirkung meines Besäufnisses. Ich schlüpfe nach einer Gedenkminute vor dem Kleiderschrank in einen knallpinken Overall von der Sorte textiles Verhütungsmittel und schlurfe ins Bad, um mich notdürftig zu sanieren.

In der Küche ertappe ich mich beim nächsten Gedanken an meinen Ex-Freund – er hat mir nach langen Abenden mit Freundinnen morgens immer sein spezielles Katergetränk zubereitet. Ich weiß bis heute nicht, was er da zusammengemixt hat, geschmeckt hat es jedenfalls wie pürierter Hühnerhoden. In Erinnerung an das grausliche Gesöff, das aber tatsächlich gewirkt hat, kitzelt Brechreiz meine Speiseröhre. Stöhnend angle ich im Kühlschrank nach einem Energydrink, der es heute richten soll und mich wiederherstellen wird müssen.

Während die süße Koffeinlimonade den leeren Energiespeicher des Körpers auffüllt und sich langsam der Akku lädt, überlege ich bei meiner Übersiedlung ins Wohnzimmer, was ich in den nächsten Stunden vorzuhaben gedenke. Mein Blick fällt auf Fräulein Minki, die mir Freunde von ihrer Rundreise durch Sri Lanka mitgebracht haben und die seitdem auf meinem Sofa ihr einsames Dasein fristet. Es handelt sich um eine Voodoo-Puppe, die als Objekt bei der Anrufung eines Loa aus der Petro-Fraktion – eines Wesens aus der Gruppe der zerstörerischen Geister – dient. Das heißt, Fräulein Minki lässt sich stellvertretend für einen bestimmten Menschen mit Nadeln durchbohren, mit dem Ziel, dass dem betreffenden Lebewesen dabei echte Schmerzen zugefügt werden. Soll ich …? Was meinen Sie?

Kurzerhand schnappe ich mir die Puppe, die mich aufmunternd mit entschlossener Miene aus schwarzen Augen anblickt, und hole das Kästchen mit den dafür gedachten Nadeln aus dem Schreibtisch. Darin befindet sich auch eine Anleitung, wie das Ritual richtig durchgeführt wird, damit es seine Wirkung optimal entfaltet, inklusive einer Warnung, niemals die Stellen zu durchbohren, an welchen sich wichtige Organe befinden. Natürlich, es soll ja niemand getötet werden, aber ein kleiner Denkzettel kann nicht schaden.

Als Erstes soll ich den Raum verdunkeln, eine Kerze anzünden und Fräulein Minki in einer Art Zeremonie auf den Namen der Person taufen, die ich zu verwünschen gedenke.

Das Wetter spielt bei meinem Vorhaben brav mit. Draußen ist es trüb und regnerisch, sodass es nach wenigen Handgriffen an den Kordeln der Jalousien stockfinster im Wohnzimmer geworden ist. Ich halte ein Streichholz an den Docht meiner Lieblingskerze, die kurz darauf einen angenehmen Patschuliduft verströmt, und fühle mich bereit, dem Schicksal ein wenig auf die Sprünge zu helfen, was die Bestrafung böser Menschen betrifft. Gemäß der Anweisung spucke ich anschließend der Puppe ins Gesicht und murmle: »Ich taufe dich auf den Namen … Fabienne.« Nicht Tom soll diesmal der Leidtragende sein, den ich ohnehin schon mehrmals mit Buckelwachstum und Hodenschrumpfung verflucht habe, sondern seine Neue – die Frau, die mir ungeniert meinen Freund ausgespannt hat.

Fräulein Minki tut mir ein bisschen leid und so trockne ich rasch ihren Stoffkopf an meinem Overall ab. Dann lege ich sie wieder ab, neble sie mit dem Rauch der Kerze ein und fische anschließend die Nadeln aus dem Kästchen. Bevor ich zustoße, krähe ich, wie in der Anleitung beschrieben: »Ich rufe dich, Ti-Jean, und fordere Vergeltung, auf dass der Gerechtigkeit Genüge getan, das Gleichgewicht im Kosmos wiederhergestellt und meine

Seele geheilt wird. Die Nadeln sollen die Werkzeuge deiner Macht sein, von meiner Hand geführt und von meinem Willen gelenkt.«

Im Hinterkopf brütet währenddessen die Sorge, dass die bereits erwähnte neugierige Nachbarin eine Geisteserkrankung befürchtet, wenn sie meinen heiseren Singsang durch die Wand hört, und womöglich aus diesem Grund in einer ganz bestimmten Klinik anruft – eine Heilanstalt der Sorte, die man nicht so schnell wieder verlässt. Diese klatschsüchtige Frau ist eine echte Plage. Ich beschließe daher, leiser zu verwünschen, auf die Lautstärke kommt es schließlich nicht an.

Bei einem weiteren Blick auf den Leitfaden für Voodoo-Neulinge erfahre ich, dass ich eine der Nadeln in der Flamme erhitzen und sie dann ohne jedes Zögern und Zaudern in den Körperteil rammen soll, in dem Fabienne Schmerzen erleiden soll.

Aus Erzählungen von Bekannten weiß ich, dass sie damals in der Bar ihre Riesenmöpse provokant vor Toms Augen herumgeschaukelt hat wie ein Pornostar, sodass er praktisch gar nicht anders konnte, als mit seinem Gesicht in ihr Dekolleté zu fallen. Es würde somit wunderbar passen, die glühende Spitze genussvoll in Fräulein Minkis … äh, Fabiennes … Brustkorb zu versenken.

Zuerst vom Energydrink mit röhrendem Kreislauf hochgefahren, jetzt vom Patschuliduft ausgebremst und heruntergedrosselt, stelle ich leicht benebelt fest, dass mir die

Lust auf Rache vergangen ist – für den Moment zumindest. Außerdem will ich meiner Puppe keinen Schaden zufügen, sie kann schließlich nichts dafür, dass Tom nur ein von seinem besten Stück – das so berauschend gar nicht ist – gesteuertes Arschloch ist.

Ich werfe wieder einen Blick auf die Anleitung, die neben mir auf dem Tisch liegt. Nach dem Ritual soll ich mich in einem energetisierten Zustand beflügelter Euphorie befinden, bewirkt von der Korrektur nach einer mir widerfahrenen Ungerechtigkeit, die das Universum vorgenommen hat. Nun, dieses Feeling wird mir wohl vorerst verwehrt bleiben.

Im Zimmer wird die Luft langsam unangenehm warm und riecht sehr aromatisch, daher blase ich die Kerze aus und öffne ein Fenster. Ich halte mein erhitztes Gesicht mit geschlossenen Augen in den Nieselregen und spüre die Tröpfchen wie Miniwasserbomben auf der Haut zerplatzen. Als meine Wangen zu prickeln beginnen, wird mir klar, dass die dort hinablaufenden Spuren nicht vom Wolkenwasser stammen, sondern von salzigen Tränen gezogen werden, die sich kitzelnd ihren Weg Richtung Kinn bahnen. Ich versuche krampfhaft, die tief in meinem Inneren aufbrechenden Schluchzer in mir zu behalten. Sie wissen schon, wegen der neugierigen Nachbarin.

Tief sauge ich die frische Luft, die nach heißem Asphalt, nassen Bäumen und Kaffee riecht, in meine Lunge, während der warme Sommerregen neben mir den Fenstersims sprenkelt. Unter mir auf der verkehrsberuhigten Straße hasten Leute in die Arbeit, klingeln Fahrräder um die Wette, singt der Pizzabäcker im Ristorante am Eck beim Teigkneten, lachen Kinder auf ihrem Heimweg von der Schule und bellt ein kleiner Hund seinen Stammbaum an – typische Geräusche einer Kleinstadt in den Mittagsstunden an einem Wochentag.

Es läutet an der Tür. Vermutlich die Nachbarin, die sich über die seltsamen Geräusche aus meiner Wohnung gewundert hat und nachschauen kommt, um an brauchbare Informationen zu gelangen, die sie beim Haustratsch auf der Stiege mit anderen Leuten teilen kann. Für sie werde ich mir wirklich ein geeignetes Voodoo-Ritual einfallen lassen – vielleicht ein Püppchen mit offenem Mund schnitzen, in den ich dann ganz langsam heißes Wachs tropfen lasse, um ihr Klatschmaul auf ewig zu schließen. Tom würde diese Art von Fantasien hassen. Oder aber sie würden ihn anturnen – das ist ja bei den Männern häufig schwer zu sagen, ob sie böse Mädchen nur plakativ furchtbar, aber insgeheim doch ziemlich geil finden; beziehungsweise handelt es sich um einen dünnen Grat, der die Abscheu von der Lust trennt.

Nein, es ist nicht die Nachbarin, sondern meine besorgte Freundin Charlotte, genannt Charlie, die mit einer duftenden Pizza meine Wohnung betritt. Hastig räume ich im Wohnzimmer die schwarzmagischen Utensilien beiseite und setze Fräulein Minki zurück aufs Sofa, während meine Besucherin in der Küche den Tisch deckt.

Nach dem Essen werde ich darüber informiert, dass wir nun einen Einkaufsbummel machen, um mich auf andere Gedanken zu bringen. Ob mir der Anblick von Konsumgütern dabei helfen wird, meinen Kummer zu vertreiben, wage ich zu bezweifeln. Aber einen Versuch ist es wert, stimmt's?

TAG 18:

Ein übergewichtiger Kanarienvogel und zu viele Dellen

Im Einkaufstempel angekommen, steuern wir zunächst ein Spießermodegeschäft an, eine Boutique mit exklusiver Mode für Frauen, deren finanzielle Möglichkeiten doppelt so gut sind wie ihr Geschmack. Charlie tut kund, sie wolle, dass ich mich amüsiere. Ich wurde zwar nicht in diese Welt gepresst, um die Erwartungshaltung anderer Menschen zu erfüllen, werde aber mein Bestes geben. Meine Freundin liebäugelt währenddessen mit dem Kauf eines Kaschmirpullovers, von welchen in diesem Laden verschiedenste Versionen, Schnitt und Farbe betreffend, angeboten werden.

Nach etwa zehn Minuten zwischen violetten Rüschen, cremefarbenen Spitzen und blassrosa Stickereien beginnt mein Kreislauf in der dank Klimaanlage bakteriengeschwängerten und nach Synthetik stinkenden Luft

Haken zu schlagen. Ich lasse mich ermattet auf einen der für gelangweilte Ehemänner bereitgestellten Stühle fallen und beobachte angeödet das Treiben um mich herum.

Tom … erstaunt registriere ich, dass ich erst jetzt wieder an ihn denke … hat es gehasst, mit mir shoppen zu gehen, und war in dieser Situation stets entsprechend übellaunig. Ob er seine vollschlanke, vollkurvige und vollbusige neue Freundin beim Shoppen lieber begleitet?

Charlie ist mit zwei getupften Blusen in einer Umkleidekabine verschwunden und ich bete zum Heiligen Shoppinus, dass sie sich rasch für eine von beiden entscheidet.

Plötzlich erscheint in meinem Blickfeld ein wogendes Schlachtschiff, bekleidet mit einem grauen Zelt und behängt mit unzähligen Kleidungsstücken. Die voluminöse Dame, bei deren Anblick vermutlich sogar das strammste Stehaufmännchen auf Mikrogröße zusammenschrumpft, verschwindet in einer der Garderobenräume, während Charlie auf der Suche nach passenden Hosen im Getümmel zwischen den bunten Textilien untertaucht. Nach diversen Ächzern hinter zugezogenen Vorhängen tritt der stark übergewichtige Kanarienvogel, in ein gelbes Kostüm gezwängt, aus der Kabine vor den Spiegel und zerrt mit zusammengekniffenen Lippen an sämtlichen Säumen des Kleidungsstücks, während theatralische Stoßseufzer ihren rosa bemalten Mund verlassen. Zu meinem Entsetzen fällt ihr nächster Blick auf mich. Sie deutet meine panische Miene fälschlicherweise als professionelles

Urteil und zugleich als Aufforderung, meine Hilfe in Anspruch zu nehmen, und verkündet mit Kleinmädchenstimme: »Ich trage immer Größe 44, ich versteh gar nicht, warum der Rock so eng ist. Was meinen Sie, sitzt er zu stramm?«

Nicht nur der Rock, denke ich. Ich antworte diplomatisch, da ich die Möglichkeit in Betracht ziehen muss, dass sich im Körper dieser dicken Riesin ein zartbesaitetes Elfchen verbirgt: »Das kenne ich, die tapferen Schneiderlein verteilen die Etiketten mit Größenangaben so willkürlich, wie die Behörden Ausländer abschieben. Ich würde das Kostüm eine Nummer größer kaufen und dem Herstellen erklären, dass er uns Frauen mit diesem Verhalten in die Magersucht treibt.«

Das Schlachtschiff nickt eifrig, während ihr Gesicht vor Aufregung krebsrot anläuft. Sie dürfte absolut meiner Meinung sein und dampft, mit ausreichend Wut versorgt, in Richtung Verkaufsraum davon. Plötzlich erscheint eine zuerst wahrscheinlich in Deckung gegangene Verkäuferin und blickt mich mit einem »Na, vielen Dank auch!«-Gesichtsausdruck an. Ich lächle süß wie Nutella, nicke ihr aufmunternd zu und deute mit dem Kopf Richtung übergewichtiger Kanarienvogel, der sich ein paar Meter von uns entfernt suchend nach einem fachlich kompetenten Gesprächspartner umsieht. Vermutlich will sie bei der Verkäuferin nicht nur ihr Kostüm in Größe 46 ordern, sondern auch gleich langatmig ihre Beschwerde für den

Produzenten deponieren. Wie einfühlsam ich doch sein kann, denke ich zufrieden. Finden Sie nicht?

Endlich erscheint Charlie und verkündet, nichts Passendes und zugleich Leistbares gefunden zu haben. Im nächsten Geschäft, dessen Mode derzeit preisreduziert ist und meinen Geschmack eher trifft, suche ich nach passenden Jeans und verschwinde kurz darauf vollbepackt Richtung Umkleidekabinen. Hatte ich angesichts der Schnäppchen gerade noch gute Laune gehabt, vergeht mir diese beim Entkleiden wieder einmal schlagartig: Warum um alles in der Welt ist das Licht auf diesen rund drei Quadratmetern der Freude derart fies und leuchtet professionell jede einzelne Delle an den Oberschenkeln aus? Ich vertrete grundsätzlich die Meinung, dass Klamottenläden die Spiegel in den Kabinen supergünstig von ruinösen Lachkabinetts kaufen, denn wieso hätte ich sonst plötzlich mindestens drei Kilo mehr auf den Hüften? Ich gehe sogar so weit, zu behaupten, dass die Bekleidungsindustrie, um gleich zwei Fliegen mit einer Klappe und vor allem mit teuflischer Hinterlist zu erschlagen, außerdem mit Herstellern von Diätprodukten gemeinsame Sache machen. Und das wird nicht das einzige Komplott sein, das die Mächtigen gegen das ahnungslose Fußvolk geschmiedet haben.

Tom habe ich mit meinem fantasievollen und selten ernst gemeinten Verschwörungstheorien regelmäßig auf die Palme gebracht, welche er am selben Tag mit dem Versprechen auf Sex wieder verließ. Seiner Meinung nach waren sämtliche Maßnahmen, die uns auf den ersten Blick unsinnig oder gar bürgerfeindlich erscheinen, notwendig zum Wohle der Menschheit. Genau, und ich bin die Person von uns beiden, die realitätsfern ist und unter Utopia leidet. Ich war … denn ein »uns beide« gibt es nicht mehr.

Doch zurück ins Hier und Jetzt. Als wäre ich nach der Erkenntnis, dass alle drei Hosen zwar billig, aber für mich nicht körperkompatibel sind, nicht schon genug genervt, schiebt sich, während ich mich aus der letzten Hose schäle, Charlies Kopf durch die Vorhangteile in die Kabine. Sie sieht aus wie eine Schildkröte, die ihr Haupt aus dem Panzer fährt, um die Gegend auszukundschaften. Über den Rand ihrer knallroten Brille hinweg fragt sie fröhlich: »Und, Süße? Passt alles?« Bei diesen Worten weitet sie den Stoffspalt auf die Breite eines Elefanten, sodass mich alle in dem Garderobenareal befindlichen Menschen in Unterhosen bewundern können.

»Wenn du spannen willst, geh in die Männerumkleide«, springe ich meiner Freundin verbal ins Gesicht und wische ihr, als ich den Vorhang mit einem heftigen Ruck und derb fluchend zuziehe, beinahe die Brille von der Nase. Wäre ich besser aufgelegt, hätte ich in Charlie ein kleines Bärchen erblickt, das nach dem Winterschlaf neugierig den Kopf aus der Höhle reckt, und es höflich darum gebeten, die Garderobe nicht einfach zu öffnen, wenn ich halbnackt darin stehe. Aber so viel Selbstbeherrschung in so knappem Outfit hätte mich wahrscheinlich drei Monate meines Lebens gekostet.

Angesäuert wie Zitronenlimonade zische ich aus der Kabine und werfe die unmöglich geschnittenen Kleidungsstücke in die Arme der erstbesten Verkäuferin, die meinen Weg kreuzt. Ich habe recht … das Textilimperium schlägt zurück. Kurz darauf verlasse ich das Geschäft mit gefluteten Augen. Haben Sie eine Ahnung, warum ich heute so nah am Wasser gebaut bin?

Charlie folgt mir mit Respektabstand und schmettert mir ein »Du bist offenbar noch nicht so weit, dich zu amüsieren!« in den Rücken. Als wäre Geldausgeben für Stoff zum Umhüllen der sich ausgeleiert anfühlenden Körperformen so dermaßen erheiternd, wenn man vor etwas mehr als vierzehn Tagen von seinem Freund verlassen und durch ein zierliches Modepüppchen ersetzt wurde. Okay, das klang jetzt ein wenig zu wehleidig. Zum Glück habe ich den Satz nicht laut ausgesprochen. Ich drehe mich um zu meiner Freundin und sage: »Sorry, ich bin wirklich noch nicht sozial kompatibel und anstandslos ins Alltagsgeschehen integrierbar. Das dauert offenbar noch.«

»Du musst durch die fünf Phasen der Trauer.« Charlie legt mir ihre Hand auf die Schulter – eine Geste, die mich nicht nur beschwichtigen, sondern auch abstoppen soll. »Und hör auf, davonzurennen!«

Welche Phasen, zur Hölle? Kennen Sie die? Ist das jetzt wieder so ein Pseudo-Psychoquatsch für all jene, die

Kummer nach Schablonen verarbeiten wollen? Und ich renne nicht *davon*, sondern stolpere auf ein Leben ohne Tom zu.

Meine Freundin bugsiert mich auf ein gemütlich aussehendes Korbmöbelstück, das zu einem Lokal gehört, und bestellt zwei grüne Smoothies für uns – offenbar gehören gesunde Shakes mit zur Trauerbewältigung, denn meiner schmeckt wirklich zum Heulen.

»Im Zusammenhang mit einem persönlichen Verlust existieren die individuell verschieden langen Zeitabschnitte des Leugnens, des Zorns, des Verhandelns, der Verzweiflung beziehungsweise Depression und der Akzeptanz«, erklärt Charlie und sieht mich abwartend an. »In welcher Phase befindest du dich gerade, deiner Meinung nach?«

»Wo sind Hass und Mordlust geblieben?«, frage ich irritiert nach. Und worüber oder mit wem sollte ich verhandeln? Versteh ich nicht.

Meine Freundin lächelt weise wie ein alter Uhu. »Du bist also beim Zorn!«

Ich sehe mich zwar eher in der Depression, aber womöglich kommt es wirklich noch schlimmer, als es derzeit ist. Grundgütiger, da habe ich ja etwas, worauf ich mich freuen kann. Und Tom? Seine Phasen nach der Trennung sehen vermutlich so aus: Überraschung, dass eine Barbie ihn zu ihrem Ken machen möchte, Akzeptanz, dass die alte Beziehung damit zu Ende ist, Freude, weil die Barbie nicht nach dem ersten Mal Sex das Weite sucht, Geilheit und noch mal Geilheit.

Ich sauge den grünen nach Spinat und Brokkoli schmeckenden Gemüsebrei im Glas durch den Strohhalm in meinen Mund und versuche dabei, einen Ausdruck des Verzückens auf mein Gesicht zu zaubern. Schließlich hat es Charlie mit dem Vitaldrink inklusive der kleinen Therapiestunde mitten im Einkaufscenter, wo wir umringt sind von schreienden Kindern, kichernden Teenies, gestressten Müttern und genervten Vätern, nur gut gemeint.

Trotzdem bin ich froh, als ich eine halbe Stunde später die Tür zu meiner Wohnung aufsperre, und würde mein Reich am liebsten zur Begrüßung umarmen. Daheim ist es doch am schönsten. Die Räume sind allerdings recht leer neuerdings. Vielleicht sollte ich mir doch einen Hund anschaffen – der wedelt wenigstens mit dem Schwanz, wenn ich nach Hause komme, anstatt mich zu fragen, wo ich mit wem war, warum es so spät geworden ist und weshalb mein Atem nach Bier riecht.

Später am Abend ruft mich Gregor an und fordert mit seiner Boss-Stimme, die keinen Widerspruch duldet: »Ich habe vergessen, dir zu sagen, dass du bitte mindestens ein Blind Date selbst absolvierst, um aus erster Hand berichten zu können.«

Will der mich frotzeln? Oder beherrscht er plötzlich die Gabe der Telepathie und kennt meine sich mittlerweile reduzierenden Selbstmordgedanken, die er mit seiner

Anweisung wieder in Schwung bringen möchte, damit ich es endlich hinter mir habe? Ich beschließe spontan, meinen Suizid wie Mord aussehen zu lassen und ihm die Tat in die Schuhe zu schieben.

TAG 19:

Ein Date mit Asterix

Nach einer Nacht mit drei Gedanken an Tom in den Wachphasen – merken Sie, wie ehrlich ich Ihnen gegenüber in dieser Hinsicht bin? – beschließe ich nach drei Tassen Kaffee um sechs, um dreiviertel sieben und um halb acht, heute wieder an meinem Artikel weiterzuschreiben und mit dem Teil »modernes Dating« zu beginnen.

Bei meinen Recherchen zum Thema stelle ich schon bald fest, dass das aktuelle Rendezvous auch nicht anders ist als die Verabredung von vor zehn Jahren. Neu sind ausschließlich die modernen Singlebörsen und Flirt-Communitys im Internet mittels Computer, Tablet oder Smartphone, wodurch mehr Drive und Speed in die Partnersuche gekommen ist. Es wird also Text im Shabby Chic entstehen und nicht das Rad neu erfunden werden. Ich plane ein Plädoyer für Nachsicht und Verbindlichkeit und gegen die virtuelle Wegwisch- oder Fortklick-Mentalität, nur weil da ein Haar aus der Nase wächst und dort eine Speckrolle zu viel auf der Hüfte sitzt.

Fest steht, ein Blind Date war schon immer und ist bis heute ein Überraschungsei, bloß ohne Schokolade. Da wird unter Umständen der reiselustige Abenteurer zum Wanderer durch die heimatlichen Wälder, der leidenschaftliche Taucher zum Schnorchler im Hallenbad, der Literaturkenner zur Leseratte von Simpsons-Comics und der Naturfreund zum Sonnenanbeter im Schrebergarten. Dann gibt es die Kandidaten, die kein Foto von sich herzeigen, ihr Aussehen nur beschreiben und quasi zu einer anderen Person mutieren, steht man ihnen dann persönlich gegenüber: Ein paar Kilo zu viel entpuppen sich als überdimensionaler Bierbauch, der Typ im besten Alter ist ein seniler Tattergreis und der lockige Jüngling drapiert täglich ein paar gekringelte Strähnen um die Glatze und fixiert diese mit Glanzhaarlack.

Nun gut, ich suche nur eine Testperson für die geplante Dating-Story und nicht den Mann fürs Leben. Und manchmal steckt in einem Überraschungsei ein nicht ganz so hässliches Entlein oder zumindest ein Spielzeug, das wenigstens vorübergehend Spaß macht.

Ich melde mich also auf einem einschlägigen Internetportal an und beantworte die Fragen für mein Profil vorwiegend mit Teasern und ohne Details – so wahrheitsgetreu wie möglich und mit so viel Schönfärberei wie nötig. Ein Foto von vor drei Jahren rundet den Online-Auftritt einer attraktiven jungen Frau harmonisch ab. Das verwendete Bild entstand auf der griechischen Insel Rhodos im Urlaub, der mir für immer als einer der schönsten mit meinem Ex-Freund in Erinnerung bleibt. Ich erschauere, denn diese Erinnerung ist die erste, die es wirklich wert ist, einen Gedanken damit zu füllen.

Plötzlich ist Schluss mit dem Schwelgen, als ich mittels dingdong darauf aufmerksam gemacht werde, dass ich soeben elektronische Post erhalten habe. Ein gewisser Fighter ohne Bild findet mich total heiß und würde gerne meine Zehen ablecken. Selbst wenn es sich nur um eine vorgetäuschte Partnersuche handelt, die in einem Fake Date münden soll, lasse ich von Männern mit Fetisch gerne die Finger. Gleich darauf schreibt Casanova 69, dass er mir eine Aufnahme von seinem besten Stück schickt, wenn ich ihm eines von meiner »Schnecke« zusende. Schnecke? Nennt man das jetzt so? Und wo ist deren Häuschen? Ich kenne mich nicht aus und lasse auch diese Zuschrift unbeantwortet, obwohl das Foto auf seinem Profil einen durchaus attraktiven Mann zeigt. Zehn Minuten später meldet sich Gentleman, der vom Foto her mein Großvater sein könnte und mit mir eine Reise nach Paris unternehmen möchte.

Gegen zehn Uhr vormittags schreibt mir ein gewisser Willi, dass er mich hübsch findet, ich nett schreibe und er mich gerne persönlich kennenlernen würde – vielleicht sogar bereits heute Abend, da er gar nicht so weit entfernt von mir wohnt. Er hätte Zeit und käme in ein Lokal meiner Wahl. In der ersten Euphorie über so viel Normalität sage ich zu und gebe den Treffpunkt bekannt. Es handelt sich um ein Restaurant, das ich früher öfter mit Tom (der zählt nicht!) besucht habe. Sie glauben doch jetzt nicht etwa, dass ich darauf spekuliere, meinen Ex-Freund dort anzutreffen und eifersüchtig zu machen? Falls ja, befinden Sie sich im Irrtum – ich bin schon so weit unten, noch tiefer will ich bestimmt nicht sinken. Tatsächlich weiß ich von seiner Schwester, mit der ich losen Kontakt halte, dass er in diesem Lokal dank Barbie nicht mehr verkehren darf, da ihr das Essen dort nicht schmeckt.

Ich überlege kurz, mir für die Verabredung eine Strategie zurechtzulegen – und damit meine ich nicht das Abfragen der Eckdaten beim Gegenüber, das Nachziehen des Lippenstifts auf dem WC oder das verabredete Klingeln des Handys, nachdem man per SMS einen Hilferuf an die Freundin abgesetzt hat. Ich denke eher an einen flexibel formbaren Plan, der spontan an die jeweilige Person angepasst wird und mit dem es gelingt, so viel Spaß zu haben, wie es unter den gegebenen Umständen möglich ist. Dafür muss man ausgerüstet sein, am besten mit absurdem Wissen, blöden Sprüchen und dreckigen Witzen, um damit peinliches Schweigen zu überbrücken oder den Typen zum Gehen zu animieren – ich hatte früher durchaus das eine oder andere Blind Date und mache mich in der Regel nicht aus dem Staub, sondern schlage den Gegner in die

Flucht. Allerdings wäre es heute von Vorteil, möglichst lange durchzuhalten, ich brauche schließlich viele Eindrücke für meinen Artikel.

Ich finde mich pünktlich in besagtem Restaurant ein, in den Tom (ach, der war jetzt wirklich unnötig!) nicht mehr gehen darf, in der Hoffnung, einen passablen Gesprächspartner kennenzulernen – der mich als Mann nicht interessieren wird, da ich noch an Liebeskummer laboriere.

Willi, der genauso heißt wie sein Nickname, erscheint pünktlich, sieht gut aus und wirkt auf den ersten Blick sympathisch. Wir speisen, ich Spaghetti mit einer scharfen Gemüsesoße, mein Gegenüber ein Steak von der Größe eines halben Rinderhinterns (R. I. P.), und bleiben dabei noch recht wortarm.

Beim Gespräch danach wähle ich das Smalltalk-Thema Astrologie, da mein Date sein Sternzeichen im Profil recht blumig beschrieben hat, was sein Interesse an dem Thema andeutet. Ich gebe Willi zu verstehen, dass Steinböcke zu sprunghaft, Wassermänner zu langweilig, Fische zu introvertiert, Widder zu eigensinnig, Stiere zu besserwisserisch, Zwillinge zu sprunghaft, Krebse zu vorsichtig, Löwen zu dominant, Jungfrauen zu pedantisch, Waagen zu phlegmatisch, Skorpione zu unzuverlässig und Schützen zu selbstherrlich sind. Mein Gesprächspartner nickt eifrig und zählt mir in Anschluss recht bemüht die positiven Eigenschaften eines Wassermanns auf. Danach sprechen wir über kulinarische Vorlieben im Flüssigkeitsbereich

– Willi hätte zwar gerne über Fleischqualität geredet, aber auf eine Diskussion über die von uns gegangene und partiell auf Willis Teller gelandete Kuh und ihre Freunde will ich mich nicht einlassen. Mein Gegenüber ist Gelegenheits-Weintrinker so wie ich – allerdings konsumiert er kaum Alkohol und genehmigt sich nur gelegentlich einen edlen Tropfen, ich hingegen trinke gerne Bier, manchmal auch Wein. Zum Essen hat Willi einen teuren französischen Rebensaft bestellt, was den Kellner kurz zum Lachen brachte, der ihm anschließend einen Neuburger anbot. Von dem leere ich die halbe Flasche, während mir Willi wort- und gestenreich von seinen Lebensumständen berichtet. Danach weiß ich, dass er ein wohlhabender Zahnarzt und Jachtbesitzer ist, ausschließlich Fachliteratur liest sowie zwei Hunde und ein paar Bienenstöcke besitzt. Er ist außerdem geschieden und hat keine Kinder. Na, Gott sei Dank hat sich der Spießer noch nicht vermehrt. Ich kann mich nicht dazu aufraffen, einen Themenwechsel zu erzwingen, werde schläfrig und fixiere gelangweilt eine ergraute Haarsträhne auf seinem Kopf, die sich in einem leichten Luftzug sanft hin und her wiegt. Beim vorbeieilenden Kellner bestelle ich eine weitere Flasche Neuburger.

Eine halbe Stunde, etliche Abschweifungen in Richtung Jägerei seinerseits und zwei Gläser Wein meinerseits später ist es so weit: Das Ende der Schonzeit bricht an. Ich mag keine Menschen, die auf Tiere schießen, und verabscheue selbstverliebte, versnobte Angeber – auch dann, wenn sie gebildet sind und gute Manieren haben.

Ich treffe mit mir die Übereinkunft, zuerst einmal abzuwägen, ob mein Gegenüber über Humor verfügt – würde der Typ nur beleidigt oder mich gar beschimpfend abziehen, wären meine Worte nichts weiter als sinnlos verschossenes Pulver.

Nachdem ich in einer Sprechpause die Konversation an mich reißen und das Wort ergreifen konnte, versuche ich, Willi mit einem Potpourri aus falschen Anreden als Folge offensichtlicher Geistesabwesenheit zu verwirren. Scheinbar unbeabsichtigt spreche ich ihn mehrmals mit Franz an, was er stoisch immer wieder korrigiert, ohne dass ihm dabei nur ein einziges Mal die Miene verrutscht. Fein, dann muss ich härteres Geschütz auffahren. Zuerst nenne ich meinen Gesprächspartner mehrmals Legolas, was er ignoriert, nicht ohne mir immer wieder fragende Blicke zuzuwerfen. Anschließend würfle ich während einer Erzählung über meine letzte Erkältung Willi, Franz und den Namen des blonden Elben in »Herr der Ringe« durcheinander, um das Namensspielchen endlich mit »Ich habe Probleme damit, mir deinen Namen zu merken – ist Schlumpf auch okay?« zu beenden. Mein Gegenüber sieht mich fassungslos an und ich entschärfe: »Das war nur Spaß.« Anschließend erzähle ich ihm von meiner Schwärmerei für Asterix, den blonden Gallier, und spreche mein Date ein paar Minuten später mit Willix an, was ohne nennenswerte Reaktion bleibt. Tom würde sich schlapp lachen, wäre er dabei. Doch wäre *er* dabei, wäre Willi nicht hier und er könnte sich auch nicht schlapp lachen. Es ist ein Dilemma mit der Logik … und ich fühle mich langsam ein wenig angeheitert.

Als ich meine Verabredung im weiteren Gesprächsverlauf Asterix nenne, entdecke ich erste Unmutssignale in seinem Gesichtsausdruck. Ganz nüchtern dürfte er aber auch nicht mehr sein … wer trinkt denn auch bei der ersten Verabredung gleich so viel?

Während seiner folgenden Erzählung, ich glaube, sie handelt von einem Ärztekongress in Schweden, wirkt mein Gegenüber unsicher und wirft immer wieder einen kritischen Blick durch das Lokal. Ich vermute, er sucht nach versteckten Kameras.

Ich werde den Versuch abbrechen und meinen Chef zum Teufel jagen. Freundlich lächelnd winke ich den Kellner an den Tisch und bitte um die Rechnung, die Willi brav bezahlt. Ich wette, er ist froh, dass es den teuren französischen Rebensaft nicht gab.

»Sollen wir, bevor wir aufbrechen, alle Leute im Lokal umarmen, damit sie mit einem warmen Gefühl im Herzen nach Hause gehen können?«, frage ich strahlend, woraufhin mein Gegenüber irritiert lächelt. Gleich darauf verlassen wir das Lokal – ohne Umarmung der Gäste, da sich meine Verabredung nicht dazu durchringen konnte.

»Darf ich dich anrufen?«, fragt Willi bei der Verabschiedung höflich, was mich kurzfristig irritiert – ich habe fest damit gerechnet, dass er ohne weiteres Wort von dannen zieht, froh, mir entkommen zu sein. Ich lehne trotzdem ab, reiche dem Mann distanziert die Hand und schaue ihm nach, wie er leicht schwankend die Straße entlanggeht.

Letztendlich war das Date gar nicht so übel. Oder was meinen Sie? Und ich habe genug Stoff für meinen Artikel, bei dem ich allerdings gewisse Details wie Wein und Asterix auslassen werde, damit ich meinen Job behalte.

TAG 20:

Im Caorle und der Burn-out

Und auch heute erwache ich mit einem Brummschädel. Das scheint zur Gewohnheit zu werden. Gut, dass mein Urlaub vorbei ist und der Ernst des Lebens wieder beginnt – obwohl die hinter mir liegende Woche ja auch nicht gerade lustig war, dafür aber umso hochprozentiger, zumindest, was den Alkoholkonsum betrifft.

Gegen zehn Uhr ruft Mimi an und fordert mich auf, mit ihr ins Freibad zu gehen, das wir als Jugendliche liebevoll »Caorle« getauft haben. Es ist zwar schon Spätsommer, aber strahlender Sonnenschein liegt über der Stadt und es ist immer noch um die 25 Grad warm.

Nicht zum ersten Mal in den letzten Tagen frage ich mich, ob sich all meine Freundinnen aus der Prä-Tom-Ära zu einem Zirkel zusammengeschlossen und es sich zur Aufgabe gemacht haben, mich irgendwie zu beschäftigen beziehungsweise abzulenken. Können Sie sich das vorstellen?

Eine Stunde später stakse ich im rosafarbenen Bademantel durch feinen, warmen Kies und lasse mich von der Bella-Italia-Atmosphäre entlang des künstlichen Sandstrands bezaubern.

Auf unserem Platz angekommen, falle ich schnaufend in den Liegestuhl und entkleide langsam und unauffällig meinen blasshäutigen Körper. Tom hat ständig befürchtet, dass ich mir einen Sonnenbrand einfangen und nachts wie ein jaulender Krebs neben ihm im Bett liegen würde.

Ein Geruchsgemisch von Chlor, Sonnenschutzmittel und Pizza liegt in der Luft, an den Rändern der bunt gekachelten Becken sitzen Mütter und Väter mit ihren Kindern, im türkisfarbenen Wasser schwimmen junge und alte, dicke und dünne Leute.

Ich fühle mich wie unter einem Glassturz, allein in meiner eigenen Welt, und zugleich ist es, als würde ich mich langsam von der Erde entfernen und ins Universum gesaugt. Die Gestalten um mich herum werden, je länger ich sie beobachte, immer schemenhafter, die Geräusche, die sie produzieren, immer leiser.

Mit einem empörten »Nicht einschlafen!« holt mich meine Freundin in die Realität zurück beziehungsweise entreißt mich Morpheus' Armen. Danach bringt sie sich etwa alle zehn Sekunden in eine andere Positur und scannt ihr Umfeld, um aus den vorbeigockelnden Männern den richtigen für einen kleinen Flirt herauszufiltern. Offensichtlich findet ihr Blick nichts, was einen zweiten lohnt, und so wendet sie sich wieder mir zu, fordert meine Aufmerksamkeit und animiert mich zum Lästern. Und so kommentieren wir eine Zeit lang das Schaulaufen der Naturschönheiten und künstlichen Körperbaustellen sowie der knochigen Klappergestelle und aus dem Leim Gegangenen. Zu entdecken gibt es behaarte Brathähnchen, eingedellte Schwabbelärsche und aufgeblasene Testosteroncornettos. Viele der Umherstolzierenden leiden an einer Textilallergie und zeigen mehr von sich, als die meisten von uns sehen wollen.

Neben Mimis Liegestuhl haben es sich drei dicke Frauen mit lautem Organ bequem gemacht und vor uns hocken zwei blasse magere Jünglinge mit pickeligem Rücken, die ständig komisch kichern. Neben mir wälzen sich zwei menschliche Grieben im Sand: ein Pärchen um die fünfzig, das ihre Hautfarbe offensichtlich nicht nur der heimischen Sonne, sondern auch dem Solarium verdankt.

Meine Freundin redet seit gut zehn Minuten von ihrem tollen neuen Freund, wodurch meine Kopfschmerzen proportional zu ihrer Euphorie zu-, meine Aufmerksamkeit aber im selben Tempo abnimmt. Meine Haut beginnt zu glühen, ich befürchte einen drohenden Hitzeschlag und gieße mir aus Angst vor einer Reanimation durch den feisten, schweißglänzenden Badewärter den Inhalt meiner noch kühlen Flasche Mineralwasser ins Gesicht.

Als Mimi daraufhin verstummt und zu grinsen beginnt, berichte ich ihr über die Auswirkungen exzessiven

UV-Licht-Konsums inklusive anschaulicher Beschreibung von Hautkrebsarten und versuche, sie anschließend für die breite Produktpalette an Antipickelmittel zu interessieren. Die Grieben an meiner linken Seite ziehen daraufhin um, die beiden kleinen dünnen Kerle vor uns hingegen sehen gelangweilt in unsere Richtung, um gleich darauf wieder zu chillen.

In der Zwischenzeit haben die Südländerinnen ihre Jause ausgepackt und verzehren diese, weiterhin lautstark schnatternd, wobei einige Brot- und Fleischstücke aus ihren Mündern in den Sand fallen – was vermutlich die Strandbadratten vor Freude zum Quieken bringen wird.

Und dann taucht plötzlich ER auf, ein Adonis in Menschengestalt, leicht muskulöser Körper, schwarzes, dichtes Haar, strahlend grüne Augen, ein Lächeln in den Mundwinkeln, eingerahmt von zwei Grübchen, die seine Lippen wie runde Klammern umschließen. Dieser Mann würde auch Ihnen gefallen, da wette ich.

Mimi neben mir seufzt sehnsüchtig auf und ich … denke an Tom und daran, dass er in so einem Moment den Arm um mich gelegt und mir zugeflüstert hätte: »Pech für dich, du hast dir schon mich ausgesucht!«

Plötzlich wendet sich der Traummann einer dünnen Rothaarigen mit je einem Riemchen über den Brüsten, an den Hüften und im Hintern zu, lässt sich zu ihr auf die Decke fallen und fordert sie gebieterisch in ungehobeltem Unterschichtsslang auf, ihm den Nacken mit Sonnenschutzmittel einzureiben.

Mimi zieht daraufhin mit entsetzter Miene den Kopf ein, während ich den meinen verständnislos schüttle, die Schultern nach hinten schiebe und dem Rotschopf gerne raten würde, dem Typen sofort sein selbstherrliches Grinsen aus dem Gesicht zu schlagen.

Aus Angst vor einem frauensolidarischen Wortschwall, in dem vermutlich Begriffe wie »Macho«, »Prolet« und »Frechheit« fallen würden, täuscht meine Freundin plötzlich Kopfschmerzen vor und bittet mich leise um Zurückhaltung. Anstatt Feuer zu speien wie ein übellauniger Drache, mache ich mich auf den Weg, um kaltes Mineralwasser für uns zu besorgen. Trotzdem packen wir schon zwanzig Minuten später zusammen und verlassen – Mimi resigniert, ich erleichtert – das Caorle.

Doch der Tag wird nicht besser. Gegen 21 Uhr klingelt mein Handy und für einen Moment orakle ich, bei dem Anrufer würde es sich um Tom handeln. Weil das nicht der Fall ist, zählt dieser Gedanke natürlich, entscheide ich.

Meine Freundin Susanne ist am Telefon und hysterisch. Sie leide unter einem berufsbedingten Erschöpfungszustand. Ich müsse sofort kommen, sonst würde sie explodieren. Als ich zögere, höre ich ein Kreischen am anderen Ende der Funkwellen, von dem ich mir einen vorübergehenden Tinnitus erwarte. Ich springe sofort in mein Gewand und fünf Minuten später in ein Taxi, um mich auf den Weg zum Higher-Class-Domizil meiner Freundin zu machen.

Susanne empfängt mich im rosa Seidenpyjama und mit desolatem Make-up, ihr Mini-Chihuahua namens Baby mit einer liebevollen Begrüßung, bei der er versucht, mein Bein zu vergewaltigen.

Heulend schiebt mich Susanne ins Wohnzimmer, in dem ein Riesenflat die Nachrichten brüllt, eine Zigarette im Aschenbecher glost und ein Glas mit bernsteinfarbener Flüssigkeit und einigen Eiswürfeln auf dem Couchtisch steht. Sie schubst mich in einen Miniaturschaukelstuhl, der meinen Körper aufgrund zu großen Schwungs beim Auftreffen auf der Sitzfläche wie ein bockender Esel beinahe wieder abwirft. Sie selbst lässt sich mit einem schauspielreifen Seufzer mitten hinein in ihre weiße Ledersofalandschaft gleiten und sieht mich aus tränenfeuchten Augen an.

»Ich habe einen fettes Burn-out.« Sie streicht sich mit beklunkerten Fingern und dramatischer Geste eine Haarsträhne aus dem rötlich glänzenden Gesicht. »Besser ausgebrannt als abgebrannt«, entgegne ich mit einem vielsagenden Blick auf Flat und Sofa. Diesen Zustand habe ich nie kennengelernt – ich brenne für meinen Job, aber zum Glück nicht darin aus. Zwar bin ich schon das ein oder andere Mal nach einem langen Arbeitstag erst gegen Mitternacht total ausgelaugt in mein Bett gefallen, aber noch nie in ein schwarzes, meine Seele verschlingendes Loch. Insofern bin ich vermutlich nicht die ideale Ansprechpartnerin bei diesem Problem.

Tom hat vor Jahren einmal … ach, verflixt, mach, dass du aus meinem Kopf kommst, ich muss mich um meine Freundin kümmern.

Susanne schaut mich mit theatralischer Miene an. Dann fährt sie mich an: »Du weißt doch gar nicht, wie es ist, wenn man Tag und Nacht ackert und nie dafür gelobt wird!«

Bevor ich reagieren kann, höre ich die ganze tragische Geschichte ihres bemitleidenswerten Daseins: In der neuen Firma, in der Susanne seit sieben Monaten als Eventmanagerin tätig ist, hält der Chef der Agentur ihre Leistungen für selbstverständlich und erwähnt nie, wie toll sie alles im Griff habe und dass sie unentbehrlich sei.

Bevor die Tirade kein Ende nimmt, hakte ich nach: »Wirst du finanziell ausgebeutet, gemobbt oder sexuell belästigt?«

»Nein, natürlich nicht.«

»Magst du deine Tätigkeit?«

»Sehr sogar.«

»Was ist dann los?«

»Aber das habe ich doch gerade vorher erzählt …«

»Bist du in den Chef verknallt, der in dir nur eine Angestellte sieht?«

»Er ist wirklich süß«, höre ich eine kleinlaute Susanne piepsen.

»Und das nennst du Burn-out? Teufel noch mal!« Wütend springe ich auf, woraufhin der wippende Miniaturschaukelstuhl beinahe auf die Schnauze fällt, und genehmige mir aus dem Glas meiner Freundin einen kräftigen Schluck des bernsteinfarbenen Inhalts, der sich als mittlerweile verwässerter Whisky entpuppt. Danach atme ich einmal tief durch und rate Susanne, das nächste Mal gleich von Anfang an über den süßen Chef zu sprechen statt von einer eingebildeten Krankheit.

»Und jetzt bringst du mich nach Hause. Keine Widerrede!«, fauche ich.

»Wieso bist du denn so aggressiv?«

Susanne zieht sich ihren weichen Angorapullover über und schlüpft in cremefarbene Lederpumps. »Hast du etwa auch so etwas wie einen Burn-out?« Nein, du Uschi, mein Freund hat mich vor drei Wochen für eine hohle Nuss verlassen!

»Sicher nicht«, antworte ich schlapp und fühle mich tatsächlich etwas ausgebrannt, allerdings nicht von meinem Beruf.

Eine Stunde später liege ich endlich im Bett, ziehe die Decke bis zur Nase hoch und starre mit weit aufgerissenen Augen in die Dunkelheit. Ich stelle mir vor, dort oben an der Decke säße ein Geist, der sich gleich wie eine riesige Spinne abseilt und sich schwer auf meine Brust hockt. Fast kommt es mir vor, als warte dieses Wesen nur darauf, dass ich strauchle und den letzten Rest meiner Stärke verliere. In diesem Moment wünsche ich mir mein Leben von vor einer Woche zurück, als ich noch in Ruhe meinen Liebeskummer pflegen durfte. Wissen Sie, was ich meine?

Bevor ich einschlafe, schicke ich dem Gespenst im Raum eine stumme Nachricht: Du kannst mich mal!

TAG 21:

Kampf dem Schwabbelarsch

An diesem Montag erwache ich das erste Mal nach längerer Zeit so richtig erholt und zu nur noch maximal zehn Prozent suizidgefährdet. Vor lauter Freude darüber, dass nicht mein erster Gedanke am Morgen, sondern erst der zweite, Tom gegolten hat, beschließe ich, mit einer Diät zu beginnen. Natürlich ist dieser Begriff, der auch als Synonym für den hinterlistigen Jo-Jo-Effekt gilt, nicht mehr zeitgemäß – heute wird eine Ernährungsumstellung empfohlen, will man erfolgreich Kilos verlieren und dauerhaft schlank bleiben.

Ich habe mich ein wenig gehen lassen in den letzten drei Wochen, zu viel Eis und Schokolade gegessen, zu viel Alkohol getrunken und mich zu wenig bewegt.

Todesmutig steige ich im Badezimmer unbekleidet auf die Waage und muss mich vor Schreck fast übergeben. In Panikstimmung trete ich vor den großen Spiegel im

Vorzimmer und drehe mich mit angehaltenem Atem und geradem Rücken, als würde die angesaugte Luft und aufrechte Haltung Fett zum Verschwinden bringen, einmal um mich selbst. Als ich die Arme hebe, erkenne ich erste Anzeichen für Bingo Wings, meine Rückansicht wiederum enthüllt, dass meine mittlerweile schwabbeligen Arschbacken Applaus klatschen würden, ginge ich nackt Joggen. Aber da ich das nicht vorhabe, steht erst einmal die Speckrollen in enge Unterhosen stopfen, kaschieren und verhüllen auf dem Programm. Natürlich nur so lange, bis die Abnahme bis zum Wunschgewicht geglückt ist – und dieses ist großzügig bemessen, da ich keinesfalls ein Hungerhaken-Dasein anstrebe. Allerdings werde ich dabei ordentlich an den Mahlzeitgrößen schrauben müssen, da ich ein unverbesserlicher Bewegungsmuffel bin und eine intuitive Abneigung gegen fast jede Art von körperlicher Betätigung hege. Ich möchte weder rennen, wenn ich auch gehend ans Ziel gelangen kann, noch einem Ball hinterherjagen, den ich gar nicht brauche, oder mich in einer Felswand abseilen, während mein Leben am seidenen Faden hängt. Ebenso wenig will ich wie meine Oma mit rosigen Wangen und blitzenden Augen bei jedem Wetter mit Stöcken, an dessen Enden Gumminoppen stecken, gelenkschonend auf den Straßen entlanglaufen.

Ich war jedoch immer schon pragmatisch genug, um sowohl mit Fitnessjunkies als auch mit Menschen, die aus Hungergründen gesunde Lebensmittel zu sich nehmen

– im Gegensatz zu mir als Gusto- und Lustesser – in Frieden koexistieren zu können. Tom beispielsweise … da ist er ja wieder … hat es geliebt, seinen Körper mit Sport in Form zu halten und sich ausschließlich ballast- und vitalstoffreich zu ernähren. Nun, jedem das Seine, finden Sie nicht?

Ich quäle mich praktisch seit meiner Geburt als einmal mehr, einmal weniger Nichtschlanke durch die Jahre, sodass all meine Lieblingskleidungsstücke mindestens in zwei Größen existieren. Trotz partieller Akzeptanz meiner Figur habe ich eine gewisse Abneigung gegen Spitzenverstoffwechsler, die für zwei essen und trotzdem aussehen wie einer. Manchmal denke ich, eine höhere Macht im Universum würfelt nicht nur bei der Bestimmung des Schicksals jedes Einzelnen, sondern auch beim Zusammenstellen der Gen-Cocktails.

Nun gut, lamentieren nützt gar nichts, obwohl man dabei sicher ebenfalls ein paar Kalorien verbraucht … wenn man es inbrünstig genug macht.

Nach vollbrachtem Entschluss, ein Viertel von mir abzuspecken, mache ich mich nach meiner Woche Urlaub so hübsch wie möglich für die Arbeit zurecht – eine Präventivmaßnahme zur Abfederung mitleidiger Blicke und jovialer Rückenklopfer mit Sprüchen wie »Wird schon!«. Und wenn mein immer lustiger Chef auch nur eine blöde Bemerkung macht, tackere ich ihn an seinem Bürostuhl fest. Und zwar nicht seine Hosen.

Fast wäre es tatsächlich zu erwähntem Gewaltakt gekommen, denn als ich die Redaktion betrete, beginnt Gregor »Liebeskummer lohnt sich nicht, my Darling« zu singen, während meine Kollegen und Kolleginnen ihre betretenen Mienen zwischen ihm und mir hin- und herschwenken und verlegen mit den Füßen scharren. Zögernd äußern sie ihre Freude, dass ich zurück bin, wobei sie sich bemühen, ihre Begeisterung angesichts meines Schicksalsschlags angemessen zu dämpfen. Und mir schlafen langsam die Mundwinkel ein vom verkrampft Lächeln. Zusätzlich belästigt mich ein Ohrwurm. »Schade um die Tränen in der Nacht, yeah, yeah!«

Eine Stunde später hat sich die Stimmung eingependelt, der Song ist aus meinem Kopf verschwunden und mein Vorgesetzter wurde nicht festgetackert, da ich meinen Job noch eine Weile behalten will.

Mittags gehe ich mit zwei Kolleginnen zum Italiener nebenan essen – Carla und Kirstin verdrücken zusammen eine riesige Pizza, ich picke allein lustlos in meinem Salat herum, bis das Grünzeug vom Balsamico-Dressing in einen braunen Matsch verwandelt wurde und nur noch ekelhaft schmeckt.

Am Nachmittag lege ich Gregor die Textfragmente meines Artikels vor. Er ist begeistert und lacht am meisten über das Wort »Schlumpf« im Bericht über mein Blind Date.

»Jetzt noch ein paar Interviews, dann sind wir fertig!«, strahlt er. Wir? Interessante Sichtweise.

Ich schleppe mich zurück zu meinem Schreibtisch, mittlerweile gegen eine lähmende Trägheit aufgrund von Nahrungsmangel ankämpfend, und recherchiere Traumpaare für meine Geschichte. Während mein Magen rumpelt wie eine altersschwache Waschmaschine, schreibe ich ein paar Leute von dem Single-Portal an, wo ich Asterix kennengelernt habe und auf dem ich immer noch angemeldet bin. Nach 17 Uhr schalte ich endlich den Computer aus, trinke einen halben Liter Wasser zur Dämpfung des Hungergefühls und beschließe, mich nach einem kurzen Stopp in meiner Wohnung im Fitnesscenter um die Ecke anzumelden. Und dort auch gleich ein bisschen zu trainieren. Tom … ja, ja … würde sich scheckig lachen, wenn er das wüsste.

Zu Hause angekommen, esse ich eine Banane, ziehe bequeme Gymnastiksachen an und trabe im Joggingtempo für Anfänger ins Sportstudio ein paar Häuser weiter. Dort eingelaufen, verbringe ich die ersten zehn Minuten akklimatisierend in einem der bequemen Lederstühle im Rezeptionsbereich und spreche mir selbst Mut … nein, es ist eher Trost … zu. Währenddessen fährt die Mischung aus Salat und Obst in meinem Magen aufgrund des seltsamen Aromas in den heiligen Turnhallen, eine Mischung aus Schweiß, Fußgeruch, penetrantem Deo und Desinfektionsmittel, mit Dreifachschraube Achterbahn. Gegen die Körperrebellion ankämpfend, marschiere ich mit zusammengekniffenem Riechorgan in Richtung Anmeldung.

Eine dralle Rothaarige mit Puderquastenteint und Zahnspange im Mund bittet mich nach einer kurzen Bereitschaftsbekundung meinerseits, mich eventuell anzumelden, zum Erstgespräch ins Büro des Fitnesscenterleiters. Bei dem Profi in Sachen Bodystyling handelt es sich um einen Halbspanier namens Julio, dessen kundengewinnungsorientierte Flirtversuche beim Abfragen meiner Wünsche abperlen wie Regentropfen auf einer gewachsten Autokarosserie.

Recht schnell hat er nach einem kurzen Scan meiner Figur die Problemzonen derselben erkannt und beginnt diese theoretisch bereits zu optimieren, während ich praktisch immer noch mit Übelkeit und Skepsis kämpfe. Nach etwa zwanzig Minuten weiß ich endlich, was ich wie oft und lange tun müsste, um Gewicht ab- und Muskeln aufzubauen sowie harmonischere Proportionen zu erhalten. Danach schlendere ich, wie mir von Fitnessguru Julio empfohlen, durch die Räumlichkeiten des Studios und sehe mich ein wenig plan- und vor allem lustlos um. Ich inspiziere die surrenden, klackenden und ratternden Foltergeräte, blicke verträumt auf die gestählten Sixpacks, knackigen Hinterteile und straffen Oberarme derer, die sie benutzen, und ringe innerlich mit mir um Trainingsbereitschaft. Was soll ich sagen … Sie werden es ahnen … ich kann mich nicht überwinden, eine Anmeldung vorzunehmen. Was nicht bedeutet, dass ich das Fitnesscenter nicht ohne jede Bindung und Verpflichtung zwei- oder dreimal pro Woche besuchen kann. Oder einmal, wenn ich viel Stress in der Arbeit habe. Eventuell genügt es sogar, wenn ich mich alle zwei Wochen ein paar Stunden lang kräftig abstrample. Ich könnte vielleicht auch nur joggen gehen, das ist billiger. Oder ich lege ein Zumba-Video ein und tanze durchs Wohnzimmer, bis mir der Schweiß aus allen Poren spritzt und die Füße qualmen. Tatsächlich werde ich vermutlich nichts davon tun. Aber immerhin habe ich es versucht. Im Geist höre ich Tom schallend lachen.

Wieder zu Hause, breche ich einen Streit mit mir vom Zaun und schimpfe über meine mangelnde Einsatzbereitschaft, bemängle den fehlenden Ehrgeiz und kritisiere die fahrlässige Behandlung meines Körpers. Danach diskutiere ich mit mir aus, ob ich ein paar Gummibärchen essen darf, und entscheide mich *dafür*, weil ich einfach die besseren Argumente liefern kann. Eine halbe Stunde später schlafe ich müde vom Zanken auf der Couch vor dem Fernseher ein, während eine Folge von »Monk«, dem neurotischen und pedantischen Privatermittler, läuft. Ich träume in dieser Nacht von eingeölten Muskelprotzen, die das Fitnesscenter auf Hochglanz putzen und sämtliche Geräte desinfizieren, während mein Chef Gregor mit angetackerten Hosen lachend auf einem Spinning-Rad sitzt und in Hochgeschwindigkeit in die Pedale tritt.

TAG 22:

Ein ganz normaler Arbeitstag

Auch dieser Morgen beginnt mit einem heißen Kaffee und einem kalten Gedanken an Tom. Kennen Sie diese Tage, an denen man sich am liebsten in das nächste Erdloch fallen lassen würde, in der Hoffnung, dort einfach still liegen bleiben und in den Himmel schauen zu können, bis einen die Regenwürmer kompostiert haben?

Zu allem weiteren Unglück begegnet mir auf dem Weg in die Redaktion auch noch meine ehemalige zukünftige Schwiegermutter. Helene konnte mich nie leiden, hat ständig Zwietracht zwischen ihrem Sohn und mir gesät und einmal sogar behauptet, ich wäre in einen Bankraub verwickelt. Wie finden Sie das? Ich habe mich zum Zeitpunkt des Verbrechens angeblich mit einer dunklen Sonnenbrille im Gesicht vor dem Geldinstitut »herumgetrieben« und mich suspekt verhalten. Meine Rache war ein heißer Flirt mit dem gut aussehenden Schwiegervater, den ich ab diesem Zeitpunkt nur noch »liebes Peterchen« genannt und umschwärmt hatte wie eine Hummel die Butterblume. Nach heftigen Verwirrungen und einer langen interfamiliären Beratung wurde beschlossen, dass man sich besser nur noch zu gewissen Anlässen sehen und die Generationen nicht laufend mischen sollte.

Helene, fein herausgeputzt, die Fassade mit rund einem Kilo Schminke saniert und umweht von Chanel Nr. 5, strahlt mir entgegen, als sie mich erblickt. Mit einem »Kind, wie schön, dich zu sehen!« reißt sie mich an sich, wobei ich versehentlich etwas roten Traubensaft aus meiner Trinkflasche auf ihr hellblaues Kostüm tropfe, was ihre Miene in Sekundenschnelle schockgefriert. Sie fängt sich erstaunlich schnell und startet ihren Power-Talk inklusive rhetorischer Seitenhiebe, die mir lediglich ein abgeklärtes Lächeln abringen. War ich einst als verbal wehrhafte Amazone stets konfliktbereit, überlege ich mir heute sehr genau, auf wen ich mit Wortpfeilen schieße. Ich fühle mich neben diesem dürren Huhn in Pastell zudem plötzlich nicht nur körperlich, sondern auch artikulatorisch behäbig und antworte auf ihr »Du darfst dich nach der Trennung nicht so gehen lassen!« für meine Verhältnisse relativ fantasielos: »Mir wär recht, wenn *du mich* jetzt gehen lassen würdest.« Doch bevor ich weitergehen und sang- und klanglos aus ihrem Leben verschwinden kann so wie ihr Sohn aus dem meinen, wird ihr Gesicht runzelig vor Sorge. Mir ist klar, dass diese Emotion nicht mir gilt, und so frage ich seufzend nach: »Was ist denn noch, Helene?«

»Tom … Seine Neue … Ich mag diese Frau nicht. Sie hat keinen guten Einfluss auf meinen Sohn.«

Ich hebe die Schultern und grinse schadenfroh in mich hinein.

»Das tut mir leid.« Es fällt mir schwer, meine Mundwinkel im Zaum zu halten. »Du, ich muss jetzt leider zur Arbeit.« Geschäftige Unruhe antäuschend, werfe ich einen Blick auf die nicht vorhandene Armbanduhr. Meine ehemalige zukünftige Schwiegermutter nickt. Sehe ich da eine Träne in ihrem rechten Auge glitzern? Forsch klopfe ich ihr auf die Schulter, woraufhin das dünne Frauchen fast zusammenklappt, und eile von dannen.

Im Büro angekommen, renne ich beinahe unsere Raumpflegerin über den Haufen, die lamentierend ein wackeliges Konstrukt aus Besen, Schrubber und Kübel vor sich herschiebt. Ich kenne Danijela nicht besonders gut, da ich selten vor neun Uhr an meinem Arbeitsplatz auftauche, doch heute hat mich der Hunger schon früh aus dem Bett geworfen. Ich frage nach, was ihr auf der Seele liegt, woraufhin sich ein Wortschwall aus gebrochenem Deutsch und ein paar männerfeindlichen Kraftausdrücken über mich ergießt. Die Männer unserer Abteilung würden das WC regelmäßig stark verunreinigen, erfahre ich. Daraufhin erkläre ich ihr, was es mit den Sprinklern auf sich hat: Die meisten Herren unserer Breiten empfinden die Bitte, sich außerhalb ihrer eigenen vier Wänden beim »kleinen Geschäft« hinzusetzen, als feministischen Anschlag auf ihre Männlichkeit, ähnlich einer psychischen Kastration. Für Tom war das nie ein Problem gewesen ... okay, ein sogar relativ netter Gedanke, der noch dazu für Helenes Erziehung spricht.

Danijela sieht mich völlig offenbart an und will gleich darauf wissen, warum unser Chef so schlampig mit seinen Anziehsachen umgeht, von welchen er einige regelmäßig zerknittert im Büro zurücklässt. Ich erkläre freundlich, dass manche Herren der Schöpfung Kleidungsstücke beim Aus- oder Umziehen fallen lassen, als würden sie ihnen vom Leib platzen, verschweige aber den Grund für die vereinzelt zurückgelassenen Hemden, T-Shirts oder Socken. Den hätte ich gar nicht zu nennen brauchen, da die Raumpflegerin in diesem Moment ein spitzenbesetztes Unterhemd aus der riesigen Tasche ihres Kittels zieht. Sie reicht mir das zarte Stück Stoff, das ich mit spitzen Fingern in Empfang nehme, während ich zugleich herausquetsche: »Gehört nicht mir!« Jedes geschulte Auge erkennt sofort, dass mein Oberkörper niemals in dieses XS-Teil passen würde, aber sicher ist sicher.

Eine Stunde später brummt es in der Redaktion wie in einem Bienenstock, die Geräuschkulisse setzt sich zusammen aus Gesprächen, lautem Klackern auf Computertastaturen und dem Sirren diverser Geräte.

Gregor hat die Reizwäsche seines nächtlichen Besuchs mit einem Zwinkern von mir entgegengenommen und mich anschließend gebeten, gemeinsam mit Wolfgang eine Reportage zum Thema Biophilia-Effekt zu machen, da eine andere Redakteurin aus gesundheitlichen Gründen ausfalle. Im Klartext: Ich soll mit meinem Kollegen eine Nacht im Freien am Waldrand verbringen, um die Wirkung des »grünen Schlafs« auf die Psyche zu testen. Mit Tom habe ich im Urlaub öfter am Strand übernachtet, mit Sand im Haar, einem Sonnenbrand auf dem Rücken, über uns die Sterne, hinter uns das Rauschen der ans Ufer brandenden Meeresgischt.

»Erde an Jerry, Erde an Jerry«, quäkt mein Chef in Roboterstimme und bekräftigt gleich darauf sein Wunsch.

Dazu sei gesagt, dass es sich bei Wolfgang um einen Metrosexuellen der ersten Stunde handelt, der niemals ohne perfekt gezupfte Augenbrauen aus dem Haus geht. Darüber hinaus wäre ihm aufgrund seiner Farbwahl beim Klamottenkauf von einem Besuch im Zoo abzuraten, da ihn sämtliche Pfauen oder Flamingos adoptieren oder gar bespringen würden. Und er weint, wenn in einem Film das süße Fohlen Susi aufgrund finanzieller Not der kleinen Meggie weggenommen und an einen skrupellosen Rennstallbesitzer verkauft werden muss. Nur über meine Leiche, denke ich, doch mein Vorgesetzter hat seine Bitte in eine Anordnung verwandelt und duldet keinen Widerspruch – die Nacht im Freien ist beschlossene Sache. Ohne meinen heutigen Bettgenossen am Busen von Mutter Natur eines Blickes zu würdigen, auch wenn er schuldlos an der Sache ist, organisiere ich in der Folge die Interviews für die Dating-Story. Drei Stunden später habe ich viele berührende, romantische, witzige, peinliche und unglaubliche Geschichten in Kurzversion gehört oder gelesen und alle Termine für persönliche Gespräche mit den Betroffenen fixiert. Ich marschiere in Gregors Büro, der mit den Füßen am Tisch entspannt zurückgelehnt Zeitung lesend in seinem Chefstuhl lümmelt, und kündige den Artikel für Montag an. Er nickt huldvoll und bittet mich, auch die Biophilia-Reportage bis Wochenbeginn fertigzumachen.

»Es tut mir leid, Jerry.« Er sieht mich an wie ein bei einem Streich ertappter Lausejunge. »Melissa, die den Artikel schreiben sollte, hat eine Blasenentzündung. Die kann ich nicht im Freien übernachten lassen. Und Wolfgang drückt sich bei Frauenthemen immer so bemüht weiblich aus, was richtig schwul klingt. Du sollst nachts nicht allein da draußen sein, aber schreiben musst *du* den Text.«

»Frauenthemen?« Meine Stimme wird zum Skalpell, während eine Augenbraue ruckartig in die Höhe schießt. Eine Frechheit, finden Sie nicht?

»Ich meine … Gesundheitsthemen interessieren weibliche Leser mehr als männliche … Und jetzt mach dich an die Arbeit.« Er wedelt mich mit der Zeitung aus dem Zimmer, vermutlich, um nicht länger in meine missbilligende Miene blicken zu müssen.

»Dein Wunsch sei mir Befehl«, flöte ich mit spitzen Lippen und werfe krachend die Tür hinter mir ins Schloss.

Anschließend fahre ich nach Hause, nachdem ich Wolfgang eine Nachricht auf den Schreibtisch gelegt habe – er möge mich bitte um 20 Uhr von zu Hause abholen und Schlafsäcke mitbringen.

Um 19 Uhr bin ich so müde, dass ich ernsthaft überlege, mich auf dem Balkon auf die Sitzbank zu legen, um *dort* im Freien zu übernachten.

Es läutet an der Tür. Wolfgang ist offenbar eine Stunde zu früh da. Mit dem Rucksack voller Schlafsachen und Proviant trete ich schwungvoll aus der Wohnung und renne fast in meinen Nachbarn hinein, der mit einem Strauß bunter Nelken vor mir steht und verlegen einen Punkt hinter mir fixiert. Ich komme mir vor, als wäre ich 16, während ich abwarte, was als Nächstes passiert.

Die Blumen, die sich so nah und doch so fern vor meiner Nase befinden, scheinen vor meinen Augen langsam die Köpfe hängen zu lassen und in Ultra-Zeitlupe zu welken. Auch das Gesicht meines Nachbarn kippt sukzessiv nach unten, was wohl damit zusammenhängt, dass der von ihm anvisierte Punkt hinter mir von Sekunde zu Sekunde tiefer sinkt.

Ich werde langsam unruhig und werfe Markus ein aufmunterndes Lächeln zu, woraufhin er zu strahlen beginnt und mir die Nelken unter die Nase hält. Während ein schüchternes »Für dich.« aus ihm herausstolpert, greife ich nach den sterbenden Pflanzen, um ihnen endlich Wasser zu geben. Doch ich habe nicht mit meinem Nachbarn gerechnet, der offensichtlich noch etwas loswerden möchte – das hätte ich mir ja denken können. Tom hat mir auch nie einfach nur mit einem »Für dich.« Blumen geschenkt, das war immer mit einem Wunsch oder schlechtem Gewissen verknüpft.

»Also, es ist so … Ich bin … Es ist so, dass … wie soll ich es sagen …«, stottert er vor sich hin, während ich innerlich zu zappeln beginne.

»Sag es einfach.« Ich bemühe mich, mein Lächeln beizubehalten, damit es nicht noch länger dauert, bis er mit der Sprache herausrückt. Meine Zeit ist knapp, meine Geduld endlich.

»Ich war schon immer in dich verliebt, das hast du vielleicht schon bemerkt. Und jetzt, wo du wieder Single bist, dachte ich …« Dafür, dass zuerst nichts kam, ist das jetzt ganz schön viel an Information, denke ich. Und nein, ich habe es nicht bemerkt. Und ganz bestimmt auch nie ein Korn Hoffnung auf seinem Feld gesät.

Was tut man in so einem Moment? Was würden Sie mir raten?

Im Geiste gehe ich meine Optionen durch. Unverständliche Worte nuscheln, aus denen er sich eine Antwort basteln kann? Ihn einfach dümmlich angrinsen und hoffen, das würde reichen? Würgende Geräusche von mir geben, panisch mit der Hand vor dem Mund herumwedeln und die Tür hinter mir schließen? Eine philosophische Diskussion zum Thema »Kann man sich in jemanden verlieben, den man gar nicht kennt?« beginnen?

Aufgrund meiner seit der Trennung angeschlagenen Gemütsverfassung entscheide ich mich für die direkte Konfrontation mit der Wahrheit: »Es tut mir sehr leid, aber ich bin noch tief verletzt und bestimmt noch lange nicht so weit, wieder an eine Beziehung zu denken.« Okay, es ist nur die halbe Wahrheit, denn selbst wenn Markus der letzte Mann auf Erden wäre … Hastig greife ich nach dem Strauß Nelken und ziehe mich mit einem »Sorry!« in die Wohnung zurück. Das Letzte, was ich durch den immer kleiner werdenden Türspalt von meinem Nachbarn sehe, ist die Fassungslosigkeit in seinem Blick.

TAG 22/TAG 23:

DER BIOPHILIA-EFFEKT

Wolfgang holt mich pünktlich um 20 Uhr ab und delegiert mich via Anruf zu seinem Auto. Als ich meine Wohnung verlasse, spähe ich vorsichtig im Treppenhaus umher, doch von Markus ist weit und breit nichts zu sehen.

Etwa zehn Minuten später auf einer idyllischen Wiese am Waldesrand angekommen, grinse ich breit, als mein Kollege seinen Koffer auspackt – ja, Sie haben richtig gehört, seinen Koffer. Während ich die Schlafsäcke ausrolle, ein Käsebrot aus dem Rucksack hole und mich ächzend auf dem Boden niederlasse, entnimmt Wolfgang dem ledernen Gepäckstück diverse Kleidungsstücke. Zuletzt legt er einen froschgrünen Pyjama auf den Stoß, den er auf einer von ihm mitgebrachten Decke drapiert hat, und stellt flauschige Hauspantoffeln daneben. Ich beobachte mit großen Augen und trägen Kaubewegungen, wie er anschließend seine Pflegeutensilien auf eine umgedrehte Plastikbox schlichtet, die ihm als Nachtkästchen dient. In meiner Tasche befinden sich lediglich eine frische Unterhose, ein T-Shirt zum Wechseln und eine Zahnbürste. Mit müde hängenden Lidern erinnere ich mich daran, dass Tom auch niemals ohne seine Pflegeutensilien verreiste. Allerdings sind Wolfgang und ich nicht im Urlaub, sondern auf einer Geschäftsreise, die nicht länger als rund zehn Stunden dauern wird. Und während es langsam zu dunkeln beginnt und ich zufrieden an meiner Wasserflasche nuckle, vollführt mein Kollege sein Abendritual.

Mein treuer Gefährte beim Experiment »grüner Schlaf«, dessen angeblich positive Wirkung auf Körper, Geist und Seele wir über Nacht testen sollen, verlässt das Lager mit einem Arm voller Pflegemittel und begibt sich zu einem entfernt gelegenen Baum. Dort steht er mindestens eine halbe Stunde, säubert seine Beißerchen, frisiert sich und cremt gute fünf Minuten lang sein Gesicht ein. Glänzend wie ein frisch lackiertes Hutschpferd kehrt er zurück, schlüpft in einen froschgrünen Pyjama und kriecht gähnend in seinen Schlafsack.

Es ist ein wunderschöner lauer Abend, ich blicke in den klaren Sternenhimmel und genieße die nächtliche Ruhe.

Plötzlich meint Wolfgang: »Du, der Boden ist ganz schön hart. Sollen wir nicht den Liegeplatz wechseln?« Ich antworte schläfrig: »Unsinn, auf diesem Waldboden wird es an keiner Stelle bequemer sein, nur weil du Federkern gewohnt bist. So ist das nun mal, wenn man von seinem tyrannischen Chef gezwungen wird, am steinigen Busen der Natur zu nächtigen. Stell dich nicht so an.« Tom ist in dieser Beziehung weit weniger kapriziös, denke ich leicht genervt. Oder hat Fabienne aus ihm bereits ein Weichei gemacht? Ich kann mir gut vorstellen, dass sie selbst Panik vor spitzen Steinen hat. Mein Geist projiziert sofort ein Bild der blonden Tussi auf die Innenseite meiner Lider, deren Lufthupen aufplatzen wie pralle Luftballons.

Mein Kollege räuspert sich und meint dann: »Ich muss dich noch warnen …«

Wovor? Ist er ein Schnarcher? Furzt er wie ein Elch oder produziert andere Geräusche? Wandelt er gar mit geschlossenen Augen schwankend herum wie ein Zombie?

»Ich habe ja schon öfter mit Freunden gezeltet«, erklärt er weiter, »daher weiß ich, dass es hier bald ziemlich laut werden wird. Viele Tiere sind nämlich nachtaktiv. Beim Durchstreifen ihres Reviers fangen sie dann an zu schnaufen, zu winseln und zu schreien.«

Wie mein Ex-Freund im Schlaf, wenn er schlecht geträumt hat, denke ich sentimental. Ansonsten hat er eher geknirscht und geschmatzt und leider manchmal auch filmreif wie ein angeschossener und verblutender Bankräuber geröchelt, woraufhin ich hin und wieder schon knapp davor war, ihn wiederzubeleben. Darüber hinaus wollte er mir nachts immer alles erzählen, was ihm auf der Seele brannte, nur leider in einer Sprache, die ich nicht verstand. Und klang das Gebrabbel dann einmal deutsch, ergab es trotzdem nicht den geringsten Sinn.

Wolfgang fährt fort: »Manchmal kommen sie auch neugierig nachschauen, wer sich am Waldrand niedergelassen hat. Erschrick dich also bitte nicht, ja? Wenn du Angst hast, weck mich einfach auf.«

»Ich werd's überleben«, murmle ich und gleite langsam ins Land der Träume. Gefühlte zehn Minuten später werde ich wachgerüttelt und blicke, als ich zögerlich die Lider hebe, in Wolfgangs panische Miene, der mit seinen weit aufgerissenen Augen aussieht wie ein Koboldmaki. Kennen Sie diese Tiere?

Ich muss lachen, auch wenn mein Kollege die Situation offensichtlich gar nicht lustig findet.

»Hast du den Schrei gehört? Was war das?«, flüstert er ängstlich.

Entgeistert starre ich ihn an und antworte kurz angebunden: »Eule vermutlich.«

»Aber …« Offenbar hat er weiteren Gesprächsbedarf, den ich jedoch nicht teile.

»Halt die Klappe«, brumme ich und versuche, mich wieder an die Seite des schwarzhaarigen und glutäugigen Adonis zu beamen, der mich im Schlaf besucht hat. Ja, Sie haben richtig gelesen: Nicht Tom war mein Lover in der nächtlichen Vision, sondern ein Mann, der nicht einmal ansatzweise so aussah wie mein Ex-Freund. Übrigens zählt dieser Gedanke nicht, da ich nur erklären wollte, dass es

mir frische Kleidungsstücke sowie eine halb leere Wasserflasche und mache mich mit der Zahnbürste auf den Weg zu Wolfgangs Badezimmerbaum.

Der Biophilia-Effekt wird für mich schwer zu definieren sein, denn der »grüne Schlaf« hat sich bei mir – dank Panikattacken von nebenan – weder auf Körper noch auf Geist oder Seele belebend, geschweige denn beruhigend ausgewirkt. Noch weniger angenehm wird die Nacht wohl für meinen Kollegen verlaufen sein, jedenfalls sprechen seine dunklen Augenringe und die schlaffen Züge nicht unbedingt für einen großen Erholungswert. Die romantische Vorstellung, sich nachts in der frischen Luft am Waldrand, ganz nahe der vielen Sauerstoff ausatmenden Bäume unter dem schwarzen Firmament, auf dem beruhigend Lichtpunkte blinken, zu regenerieren ist reine Theorie. Die Praxis sieht anders aus – jedenfalls die mit Wolfgang. Mit Tom wäre …

»Schreibst du den Artikel allein?«, hat mein Kollege die Frechheit, mich zu fragen, als ich mit einem Gedanken an den Ex-Freund von der morgendlichen Toilette zurückkehre. Seine Augen sind wieder fast so groß wie die eines Koboldmakis – waren sie allerdings schon vorher, als ich hinter dem Baum meine Unterhose gewechselt habe. Ich konnte seine gierigen Blicke sehen, als ich auf einem Bein stehend aus dem Gleichgewicht geriet und beim Ausbalancieren ein Stück zu weit zur Seite hüpfte, wobei auf die Distanz vermutlich ohnehin nicht viel zu sehen war.

»Wieso?« Fassungslos starre ich ihn an. Zuerst bringt er mich um den Schlaf, dann um den Biophilia-Effekt, und zu guter Letzt will er auch noch die Arbeit komplett auf mich abwälzen.

»Weil du das besser kannst als ich«, äußert er mit verlegen gesenktem Kopf. »Und du hast Gregor ja gehört: Das ist eher ein Frauenthema.«

Dass ich in diesem Moment nicht ausraste, ist allein meiner exzellenten Wutkontrolle zu verdanken, die ich mir seit der Trennung von Tom … verflixt … antrainiere und die nun endlich zu greifen scheint – wenn auch beim falschen Mann.

»Geht klar«, knurre ich, während ich meine wenigen Sachen in den Rucksack stopfe und Wolfgang seinen Koffer packt. Plötzlich erblicke ich neben dem Schlafplatz im Boden Hufabdrücke, beschließe jedoch, die Möglichkeit eines nächtlichen Besuchs einer Wildschweinfamilie unerwähnt zu lassen. Wenig später folge ich meinem Kollegen mit vor Müdigkeit schweren Gliedern zum Auto.

TAG 23:

Romantik-Overflow und Gedanken-Feng-Shui

Erschöpft kehre ich aus der Natur nach Hause zurück, lasse alles fallen und wanke ins Schlafzimmer, wo ich so zielstrebig mein Bett ansteuere wie ein Kind das Süßwarenregal. Kurz nehme ich wahr, dass ich das Aroma von feuchter Erde und Tierexkrementen verströme, doch kaum berührt mein Kopf mit dem zerzausten Haar das Kissen, bin ich schon eingenickt. Im Traum reise ich vier Monate in der Zeit zurück zu einem der schlimmsten Tage meines Lebens. Ich sehe Gregor vor mir, der zum gefühlt hundertsten Mal eine Idee von mir für eine Story ablehnt: »Das ist kein Thema für unser Blatt.« Dann gehe ich nach Hause, wo mich Tom in Empfang nimmt und gleich wieder wegschickt – ich soll ins benachbarte Kaffeehaus gehen und dort warten, bis er mich anruft und mir erlaubt, zurückzukommen. Ich setze mich ins Lokal, bestelle mir einen Schnaps und warte, während mich der Verdacht beschleicht, dass diese Aktion nichts Gutes bedeuten würde. Eineinhalb Stunden und drei Enzian später darf ich nach Hause kommen. Mittlerweile (daran ist sicher auch der Alkohol schuld) sehe ich alles etwas lockerer, denn was soll schon passieren?

Als ich die Haustür aufsperre und eintrete, schwallen mir sofort ein eigenartig süßlicher Geruch und drückend warme Luft entgegen, während aus dem hinteren Teil der Wohnung ein »Warte, ich bin gleich fertig!« ertönt, musikalisch untermalt von einer mit vibrierender Stimme gesungenen Liebesschnulze. Ich ringe nach Atem und male mir die schlimmsten Szenarien aus, die mich im Wohnzimmer erwarten würden, als Toms Stimme mich zu sich ruft.

Benebelt von der Hitze, dem komischen Aroma und dem Schnaps marschiere ich mit weichen Knien durch den Flur, wobei mir eine gleißende Helligkeit entgegenstrahlt. Ich torkle mitten hinein in das Licht am Ende des Gangs, der ins Wohnzimmer mündet, und hoffe, dass mich nicht längst der Schlag getroffen hat und ich gleich meinen verstorbenen Verwandten gegenüberstehe. Am Ziel angekommen, erwarten mich keine Toten, sondern Tom. Er steht mit hochrotem Gesicht und einem Lächeln, das fast bis zu den Ohren reicht, in einem Meer aus Teelichtern. In der Mitte des Raumes bilden die Kerzen ein riesiges Herz und darin einen Schriftzug, der lautet: *Willst du mich heiraten*?

Aufgrund der Erwartungshaltung meines Gegenübers stehe ich unter Druck wie ein Dampfkessel. Ich sollte nun auf die Schnelle so etwas wie romantische Stimmung hervorzaubern, um meinen Freund nicht zu enttäuschen. Doch ich schwitze wie ein Affe im Anorak und schiele ständig zu den Vorhängen, um jedes noch so kleine Anzeichen von Feuerfang zu erkennen und sofort im Keim zu ersticken. Wie gerne würde ich jetzt herausschreien: »Habe ich schon erwähnt, dass ich es hasse, wenn in einer Wohnung mehr als eine Kerze brennt? In dem Zimmer hat es mindestens fünfzig Grad und es stinkt bestialisch nach heißem Wachs und verbrannten Insekten.« Stattdessen starre ich schweigend wie hypnotisiert in die tanzenden Flammen. Toms Lächeln schrumpft auf Normalmaß zusammen und verschwindet schließlich.

Anschließend beginnt er damit, die Kerzen auszublasen, was beinahe eine Viertelstunde lang dauert. Ich reiße währenddessen alle Fenster auf und sauge die frische Nachtluft in meine Lungen. Später im Bett flüstere ich: »Ja, ich will!« Dass es nie zur Hochzeit kam, wissen Sie ja schon.

Als ich erwache, spüre ich Tränen in den Augen brennen, meine Wangen sind nass und auf dem Kopfkissen hat sich ein großer feuchter Fleck gebildet.

Ich hatte gehofft, die Erinnerungen an meinen Ex-Freund würden weniger und vor allem weniger schmerzhaft werden, aber heute sieht es nicht danach aus. Oder handelt es sich bei dieser emotionalen Rückblende im Schlaf um ein letztes Aufbäumen der Seele im Schmerz über den Verlust, um ein letztes heftiges Aufflackern, bevor die Wunde heilen kann? Was meinen Sie?

Ich raffe mich auf und versuche, die Schwermut abzuschütteln, die mich wieder einmal fest im Griff hat.

Im Badezimmer angekommen, stelle ich fest, dass ich selbiges wieder einmal putzen müsste. Wenn Tom jetzt die Wohnung sehen würde … Er, der jedem Staubkorn hinterherjagte, Kalktropfen von den Armaturen polierte und zehnmal pro Tag mit einem Lufterfrischerspray durch die Räume sprang. Lächelnd wasche ich mir das verweinte Gesicht, achte nicht auf die Wasserspritzer am Spiegel und lasse die Tropfen auf dem Wasserhahn genau dort, wo sie gelandet sind. Dann stelle ich mich unter die Dusche und wasche mir den Schmutz und die Gerüche von letzter Nacht vom Körper und aus dem Haar.

Eine halbe Stunde später ist neun Uhr und ich mache mich auf den Weg ins Büro. Wir haben keine festen Arbeitszeiten, aber ich bin sicher, Gregor brennt auf einen mündlichen Bericht über die Nacht am Waldrand. Mit eisigem Schreck durchfährt mich die Ahnung, dass unser Chef Wolfgang und mich zu verkuppeln plant, als plötzlich Tom vor mir steht. Erst auf den zweiten Blick sehe ich Fabienne, die an seinem Arm hängt und mich mit demselben Ausdruck mustert, den ich soeben auch im Gesicht hatte: Widerwille mit einem Schuss Ekel.

Ich hingegen beginne zu strahlen wie ein Scheinwerfer, setze ein falsches Lächeln auf und eile mit ausgebreiteten Armen auf meinen Ex-Freund zu. Kurz bevor ich mit einem inbrünstigen Seufzen an seine breite Brust sinke, sehe ich das Entsetzen wie einen düsteren Schatten über sein Gesicht ziehen. Unglücklicherweise kann ich mich nicht dazu durchringen, laut »Ich habe dich ja soooooooo vermisst!« zu schluchzen, was ihm vermutlich den Rest gegeben und ihm mindestens drei Tage Sexentzug eingehandelt hätte. Während ich Tom wieder freigebe, kann ich die Abneigung von der Tussi an seiner Seite beinahe körperlich spüren und schenke ihr daher berechnend einen entwaffnenden Blick. Dieser landet zwischen ihren Brüsten im Silicon Valley – ja, sorry, da kann man selbst als Frau nicht anders, als zu glotzen, wenn die Dinger einem direkt vor den Augen baumeln –, weshalb das vorgetäuschte Friedenssignal gestört beim Empfänger anzukommen scheint. Die Tittenbraut tritt mit schaukelndem Dekolleté nach vorne, reicht mir eine Hand zur Begrüßung und rammt dabei rein versehentlich den Absatz ihres Stilettos in meinen großen Zeh. Ich zwinkere den Schmerz weg und erwidere auf ihre dem Attentat folgende wortreiche Entschuldigung, durch das dicke Leder meiner Sneakers ohnehin nichts gespürt zu haben, obwohl sich im Schuh mein Zehennagel aufzurollen beginnt. Zumindest fühlt es sich so an. Mein Ex-Freund ignoriert die Tatsache, dass sich die ehemalige und die neue Partnerin gegenseitig den

Fehdehandschuh nur so in Gesicht klatschen, und erkundigt sich nach dem Wohlergehen meiner Eltern.

»Gut, wirklich gut«, erwidere ich lahm, während mein Zeh leise vor sich hin pocht.

Fabienne reißt die Unterhaltung, die gar keine ist, an sich und spricht über die Einrichtung ihrer Wohnung nach Feng-Shui. Tom grinst dämlich, weil er weiß, dass ich weiß, dass er dieses »Esoterikzeug« für Humbug hält. Ist das jetzt ein Punkt für mich, um das 1:1 zu einem 2:1 auszubauen? Na, vielleicht ein halber.

Während das blöde Blondchen weiter vor sich hin quakt, werde ich heute zum zweiten Mal müde und beginne, mich in mein Bett zurückzusehnen. Ich sammle meine letzten Kräfte, um mich mit 2,5:1 zu verabschieden, während mein mentales Ich sich bereits abgewendet hat. Ich hauche sanft in Fabiennes Richtung: »Feng-Shui steht übrigens unter dem Motto: *Weniger ist mehr*«, während ich meinen Blick von ihren getuschten Wimpern über die rosa betonten Wangenknochen bis hin zu den dick bemalten Lippen pendeln lasse und beredt einen Luftkreis über mein Gesicht ziehe. Finden Sie diese Bemerkung zu billig?

Jetzt beginnt die Tussi, wie ein kleines Kind an Toms T-Shirt zu zerren, was wohl bedeuten soll, dass er sich von mir verabschieden muss. Mein Ex-Freund lächelt ein wenig gequält und folgt nach einem kurzen Heben der Hand seiner Harmonieberaterin, die beleidigt davonstöckelt. Und ich werde jetzt Gedanken-Feng-Shui betreiben, um nicht wieder blutige Rachepläne zu schmieden, sondern mich … ganz ruhig, tief durch die Nase einatmen, durch den Mund ausatmen … auf meinen bevorstehenden Arbeitstag zu freuen. Mit pochendem Zeh schlage ich den Weg zur Redaktion ein.

Dort angekommen, stürme ich die kleine Küche, brühe frischen Kaffee auf und versuche, meine Emotionen runterzuschlucken. Es tut immer noch weh, ihn zu sehen, den Mann, den ich geliebt und mit dem ich noch vor einigen Wochen eine Familie geplant habe. Aber ich merke, dass sich der Schmerz nicht mehr wie ein spitzzahniges Monster in meinem Herzen verbeißt, um es in tausend Stücke zu zerfetzen, sondern nur sachte darauf herumkaut und es vermutlich bald ausspucken wird. Vielleicht leckt er es hin und wieder mit rauer Zunge ab, um mich an ihn zu erinnern, doch es wird nicht mehr wehtun, höchstens ein wenig kitzeln.

Es rumpelt und Wolfgang betritt mit schweren Schritten und hängenden Schultern den kleinen Raum. Als er mich sieht, hebt er die Mundwinkel.

»Schon erholt von den nächtlichen Strapazen?«, fragt er freundlich.

»Du meinst, von deinen Panikattacken?«, erwidere ich süffisant grinsend.

Die Mundwinkel senken sich. »Ich meinte, von dieser gefährlichen Situation, als das Wildschwein um uns herumschlich.«

Fassungslos starre ich den breitschultrigen Mann vor mir über den Rand meiner Kaffeetasse hinweg an.

»Sag mal, bist du auf dem Weg hierher von Außerirdischen entführt worden, die dein Denkvermögen manipuliert oder dir falsche Erinnerungen ins Hirn gepflanzt haben? Du weißt doch hoffentlich, dass es diese Tiere in der Region gar nicht gibt?«

»Echt?«

»Echt.«

Kurz darauf fragt mich Gregor mit einem Anflug von Schadenfreude, wie es mir gehe – ich vermute, er hat Wind von den Vorkommnissen der letzten Nacht bekommen – auch wenn mein Kollege das Erlebnis mit tollwütigen Wildsäuen, brandgefährlichen Situationen und einer abenteuerlichen Rettung durch ihn als Helden aufgewertet haben dürfte.

»Ich geh dann mal schreiben«, nuschle ich.

TAG 23:

Flirtzone Zero

Zwei Stunden später liefere ich die Reportage über den Biophilia-Effekt ab – ohne mich mit Wolfgang abgesprochen zu haben und mit eindeutiger Empfehlung für den grünen Schlaf. Auf maskuline Statements zum Thema könne ich gut und gerne verzichten, teile ich meinem Kollegen mit, was dieser erstaunlich gelassen zur Kenntnis nimmt. Auch unser Chef akzeptiert meine Entscheidung und den Text so, wie er ist. Als ich Gregors Büro verlassen will, froh, den Kopf für die umfangreiche Dating-Story frei zu haben, pfeift er mich zurück und fragt mich nach meinen Fortschritten.

»Fortschritten in …?«, will ich irritiert wissen.

»Wie du mit den Verabredungen vorankommst!«

Ich hoffe, er meint die Story, und antworte: »Super, in den kommenden zwei Tage werde ich ein paar Interviews mit Betroffenen durchführen, der Rest ist mehr oder weniger fertig!«

»Kein weiterer Selbstversuch mehr?«

»Nein!«, entgegne ich knapp.

»Dann erweitere das Thema bitte um Partnersuche außerhalb des Internets. Und probier einen der Tipps, die du recherchiert hast, selbst aus, bevor du darüber schreibst.«

Mit den Augen signalisiert er mir, dass ich den Raum verlassen darf. Doch ich starre ihn böse an und denke gar nicht daran, zu meinem Arbeitsplatz zurückzukehren.

»Kann es sein, dass du mich verkuppeln willst?«

»Nö, wieso?«, kommt es so schnell zurückgeschossen, dass ich weiß, ich liege richtig.

»Zuerst das Online-Date, dann die Nacht mit Wolfgang im Wald und jetzt soll ich wahllos irgendwohin auf Männersuche gehen.«

»Entschuldige bitte, das ist dein Job«, erwidert Gregor, grinst und hebt dann eine Zeitung vor sein Gesicht. »Außerdem bist du mit Freund an deiner Seite deutlich entspannter.« Da sich der letzte leiser ausgesprochene Satz mit Papierrascheln vermischte, könnte ich nicht beschwören, ihn richtig verstanden zu haben. Jedenfalls hätte ich auf diesen Macho-Spruch erwidert: »Aber nur deshalb, weil niemand in mein Liebesleben pfuscht.«

Schnaubend wie eine Lok aus den Zwanzigerjahren dampfe ich zu meinem Schreibtisch zurück und lasse mich auf den Stuhl fallen. Tom, du verdammter Arsch! Das habe ich alles nur dir zu verdanken. Oder sehen Sie das anders?

Ich beschließe, mich sofort in die Materie einzulesen, um es hinter mich zu bringen. Morgen und Freitag stehen die Interviews auf dem Programm, am Wochenende wollte ich den Artikel ausbauen, überarbeiten und redigieren. Hoffnungsvoll hämmere ich auf die Tasten des PCs ein und starte meine Suche, stelle jedoch rasch fest, dass es nicht einfach ist, Tipps für die Partnersuche in freier Wildbahn zu erhalten. Endlich finde ich eine Seite, auf der die angeblich besten Locations für Beziehungsanbahnungen aufgelistet sind, aufgewertet mit ein paar Ratschlägen für Flirtunbeholfene wie mich. Amüsiert studiere ich die Empfehlungen, die aus den Achtzigern zu stammen scheinen und einen längeren Bart haben als Miraculix. Es ist offensichtlich nicht nur altmodisch, als Frau darauf zu warten, von einem Kerl angesprochen zu werden, sondern mittlerweile sogar verpönt – das heißt, der Prinz lehnt sich heute bequem zurück und wartet darauf, dass die Ritterin das Anbändeln startet. Ob den Männern klar ist, wie klein in dieser Szenerie ihre Genitalien wirken?

In Ordnung, die Jungs wollen also angesprochen werden … aber wie? Wichtig ist, erfahre ich, beim Erstkontakt nicht mit einer Alkoholfahne um die Ecke zu kommen – okay, das mit dem Mutantrinken hat sich demnach erledigt. Ich lese außerdem, dass die Anmache keinesfalls plump ausfallen soll und sich als Eisbrecher immer noch am besten eine freundliche Begrüßung eignet. Wie ausgefuchst. Anschließend wird eine Frage gestellt, die auf die Situation bezogen sowie nicht mit »Ja« oder »Nein« zu beantworten sein und das Gespräch am Laufen halten sollte. Zuletzt mach ich mich darüber schlau, wie ich die Signale meines Gegenübers zu deuten habe: Stellt er Augenkontakt her und lächelt, ist das ein positives Zeichen. Welche Überraschung. Zeigt er demonstrativ die kalte Schulter, signalisiert er damit ebenfalls Interesse, da die gespielte Gleichgültigkeit Teil des Balzverhaltens ist. Jetzt wird es tricky. Berührt er die Frau beim Sprechen ständig, markiert er mit dieser Geste sein Revier. Zuletzt erfahre ich, dass man einem Kerl dumme Sprüche und erhöhten Alkoholkonsum verzeihen muss, da er damit Schüchternheit und Unsicherheit kompensiert. Ergo, der Mann darf Blödsinn reden und sich volllaufen lassen, während die Frau weder plump noch besoffen sein soll. Das nenne ich fair.

Als die drei besten nonvirtuellen Partnerbörsen gelten der Arbeitsplatz, der Supermarkt und öffentliche Verkehrsmittel, gefolgt von Hundezonen und Urlaubsort. Die Redaktion kann ich, ohne nachzudenken, abhaken: Das metrosexuelle Weichei will ich nicht, meinen Chef als selbst ernannten Frauenmagneten brauch ich nicht und andere interessante Männer gibt es nicht. Hundezonen muss ich in Ermangelung eines Vierbeiners ebenfalls streichen, ebenso den Platz an der Sonne am Ende einer Reise in den Süden. Der Supermarkt und unser Stadtbus bleiben übrig.

Mit reichlich theoretischem Wissen ausgestattet, verlasse ich das Büro, um mich ins Getümmel zu stürzen und meine neu erworbenen Erkenntnisse an geeigneten männlichen Subjekten zu testen. Mittlerweile bin ich Gregor fast dankbar, denn er hat ja recht: Ich werde irgendwann wieder auf Partnersuche gehen und kann mit diesem Experiment gleich üben und Erfahrungen sammeln. Gute Idee, finden Sie nicht?

Als Erstes mache ich mich auf den Weg in den Supermarkt, denn ich muss sowieso einkaufen gehen, da mein Kühlschrank quasi im Leerlauf kühlt. Bei uns hatte fast immer Tom für Nachschub gesorgt, da er meist hungriger war als ich. Im Moment bin ich allerdings aufgrund meiner guten Vorsätze in puncto Gewichtsreduktion hungriger als geschätzte 95 Prozent der Menschen um mich herum.

Am Tatort angekommen, rufe ich mir in Erinnerung: Der Blick in den Einkaufswagen soll verraten, ob sich ein Flirt lohnt. Doch was sagen eine Kiste Bier, rohes Fleisch, Chips und drei Liter Limonade über den nicht unattraktiven Mann aus, der vor mir durch die Gänge schlendert? Dass er einen gemütlichen Abend mit Kumpels plant? Dass er zum Grillen bei den Eltern eingeladen ist? Dass es sich bei seiner Freundin um eine fette Alkoholikerin handelt, die zu faul zum Einkaufen ist?

Da ich das vorher Erlernte auf alle Fälle umzusetzen gedenke, starte ich den Angriff mit einem freundlichen

»Hallo!«, was der fesche Kerl mit einem »Hi!« erwidert. »Ich sehe, du hast Chips gekauft«, setzte ich fort. »Welche kannst du denn empfehlen?«

Mich trifft ein verwunderter Blick aus unglaublich blauen Augen, bevor der Mann antwortet: »Kommt drauf an, was dir schmeckt!«

»Ja, das weiß ich nicht, da ich nie Chips esse, darum frag ich dich ja, welche besonders gut sind.«

»Eigentlich alle«, erwidert der Typ und zeigt auf seine Ausbeute im Einkaufswagen.

Okay, *so* kommen wir nicht weiter.

»Vielleicht gehen wir auf einen Kaffee?«, wage ich den Vorstoß.

»Keine Zeit«, bekomme ich knapp zur Antwort. Danach dreht der Knabe ab und verschwindet eilig hinter einem Regal. Das war wohl nichts. Noch denke ich aber nicht ans Aufgeben und peile mein nächstes Opfer an. Doch bei Mann Nummer zwei läuft es nicht besser. Er wirft mir ein »Hab's eilig« auf meine erste Frage zu, bevor er weitereilt, der dritte holt seine Freundin zu Hilfe, die sich im Nachbargang aufhält, als ich ihn anquatsche. Danach bin ich so genervt von der Hektik um mich herum, dass ich schnurstracks und ohne weitere Flirtambitionen oder Einkäufe den Supermarkt verlasse.

Mein Resümee: Beim Anbandeln im grellen Neonlicht, mit im Hintergrund dudelnden Werbeslogans und Durchsagen wie »Frau Müller, bitte zur Kasse fünf kommen,

Frau Müller ...«, untermalt von dem Gequake der anderen Einkaufenden, wird einem maximal so warm ums Herz wie den Artischocken auf der Pizza im Tiefkühlfach.

Der zweite Beziehungsanbahnungsversuch soll nun also im Citybus stattfinden. Froh darüber, in dem voll besetzten Gefährt einen Sitzplatz ergattert zu haben, sehe ich mich um und entdecke einen allein reisenden feschen Mann in der hintersten Reihe. Ich erhebe mich also wieder, falle auf meinem Weg nach hinten in einer Kurve fast auf einen älteren Herren, trete einem Schuljungen auf die Zehen und lande zuletzt nach einem ruppigen Bremsmanöver wie von allein in den Armen meines Auserwählten. Wir lachen und ich überlege, ob ich ihn etwas fragen oder mich mangels eines freien Platzes in seiner Nähe einfach auf seinen Schoß setzen soll. Doch bevor ich eine Entscheidung treffen kann, sagt er: »Hast du Zeit? Wollen wir aussteigen und auf einen Kaffee gehen?« Na, was sagen Sie jetzt? Das hätte Sie mir nicht zugetraut, was?

Ich grinse dümmlich, während mir Angst die Kehle zuschnürt und ich Tom in einer Art Vision vor mir sehe, der mir einen tadelnden Blick zuwirft. Gleich darauf setzt mein Fluchtreflex ein, ich hebe abwehrend die Hand, sause nach vorne und sprinte gerade noch rechtzeitig auf die Straße, bevor der Bus die Türen schließt und weiterfährt. Das war knapp! Kurz darauf gleitet das nette Gesicht des jungen Mannes hinter dem Fenster an mir vorbei, der mir einen letzten »Schade!«-Blick zuwirft.

Mein Resümee: Öffentliche Verkehrsmittel eignen sich durchaus, um auf Partnersuche zu gehen – wenn der passende Fahrgast vorhanden ist und der Fahrer zum richtigen Zeitpunkt auf die Bremse tritt.

Erleichtert trete ich den Heimweg an, mit der Gewissheit, noch eine Weile Single bleiben zu wollen. Genug Erlebnisse für meinen Artikel habe ich jetzt zumindest zusammen, das wird sogar mein Chef anerkennen müssen. Eine weitere Schikane werde ich mir von Gregor nicht bieten lassen, nur weil er mich unter die Haube bringen will.

Zu Hause angekommen, stelle ich nach einem Blick in den Kühlschrank fest, dass ich nichts mehr zu essen habe, und bestelle mir eine Pizza beim Lieferservice.

Und jetzt werden Sie staunen: Der schwarz gelockte Knackarsch, der mir die Funghi bringt, wirbelt wie ein Tornado in meine Wohnung. Wir reden miteinander, als würden wir uns schon ewig kennen, dann greift er plötzlich nach mir und lacht meinen scheuen Widerstand einfach weg. Sandro küsst mich so lange, bis die Pizza kalt ist. Dann bringt er mir zwanzig Minuten später eine neue.

Mein Resümee: Ich gehe auf Aufriss wie die Frieda vom Land und finde mich nach dem Abbruch des Vorhabens unvermutet in einer filmreifen Szene à la Hollywood wieder – die allerdings wirklich passiert und keinem Drehbuchautor aus der Feder geflossen ist.

An eine Beziehung mit dem Knackarsch habe ich keine Sekunde lang gedacht, da ich sicher noch lange Zeit als Partnerin unbrauchbar bin.

Sie meinen, ich müsse trotzdem nicht abstinent leben und hätte doch zumindest Sex haben können? Da haben Sie recht … Deshalb habe ich mir auch Sandros Nummer notiert. Aber nicht heute, nein, nicht heute.

TAG 24:

Der Geburtstag und das beste Geschenk am Schluss

Heute habe ich Geburtstag und freue mich darauf, abends ein paar Freunde zu treffen, die ich seit der Trennung von Tom (der Gedanke war naheliegend, den addiere ich keinesfalls hinzu) nicht mehr gesehen habe. Ich muss langsam damit aufhören, alle Tätigkeiten mit dem Ende der Beziehung in Relation zu setzen und dieses Ereignis zum Ausgangspunkt meiner Zeitrechnung zu machen.

Heidi hat mich gestern angerufen und mir mit Professorenstimme erklärt, ich müsse um 19 Uhr im »Stephanos« erscheinen, um dort mit ihr und weiteren zwanzig Leuten Party zu machen. Und wenn ich nicht käme, würde sie mich persönlich von zu Hause abholen und an meinen Haaren durch die Straßen bis zum Lokal schleifen. Das war mir Drohung genug und so habe ich zugesagt. Diese Entscheidung scheint mir richtig zu sein, da ich im vergangenen Monat meine sozialen Kontakte gegen null reduziert habe und das nicht so weitergehen kann. Ja, Sie haben richtig gehört – ich werde wieder unter Menschen gehen und das private Eremitendasein, das ich nur für wenige vereinzelte Treffen mit mir nahestehenden Personen unterbrochen habe, beenden.

Die meisten Partygäste kenne ich schon mein halbes Leben lang, denn aus der Zeit von mir als Hälfte eines Pärchens und Tom als anderer Teil sind nicht allzu viele Leute übrig geblieben. Den Damen und Herren, die nach der Trennung peinlich berührt in dem luftleeren Raum zwischen meinem Ex-Freund und mir umhergetrudelt sind, habe ich den Abschied von mir erleichtert und sie auf Toms Seite gejagt.

Doch jetzt heißt es erst einmal, den Arbeitstag hinter mich zu bringen. Ich melde mich bei Gregor und erinnere ihn daran, dass ich heute nicht ins Büro kommen, sondern einige meiner Interviewpartner treffen werde. Er gratuliert mir zum Geburtstag und verspricht mir mit einem breiten Lächeln in der Stimme eine tolle Überraschung, die ich morgen erhalten werde. Okay, jetzt beginne ich, Skepsis aufzubauen und mich ein wenig vor dem nächsten Zusammentreffen mit meinem Chef zu fürchten.

Nach zwei Tassen Kaffee und einer Schale Müsli springe ich unter die Dusche und ertappe mich dabei, fröhlich vor mich hinzusummen. Grundgütiger, was ist denn mit mir los? Erste Anzeichen von Altersinfantilität?

Im Schlafzimmer setzt sich meine sonderbare Stimmung fort, als ich beschließe, mich heute ausnahmsweise nicht schwarz zu kleiden, wie ich das die letzten vierundzwanzig Tage getan habe. Meine Traueroutfits, bestehend aus einem Rock, einer Hose, drei T-Shirts, zwei Pullovern, einer Bluse, einer Weste, mehreren Strumpfhosen und zwei Paar Schuhen, räume ich beiseite und wühle mich durch die übrigen Klamotten. Fast euphorisch blicke ich auf die vielen bunten Textilien und entscheide mich für eine Kombination in zartem Lila – eine Farbe, die Tom an mir geliebt hat, weil sie angeblich meine blauen Augen betont. Und ein tiefenwirksamer Blick, der den Menschen das letzte Geheimnis entlockt, kann in diesem Job bei geschäftlichen Besprechungen nur von Vorteil sein.

Eine halbe Stunde später sitze ich in meinem Lieblingscafé, in dem mich der Kellner mit »Liebes« anspricht und ich ihn »Jonny« nenne, obwohl er Alfred heißt, einem entzückenden jungen Liebespaar gegenüber. Sabine und Lucas haben sich in einer Online-Singlebörse kennengelernt und sind wie füreinander geschaffen – das erkenne ich nicht nur auf den ersten, sondern auch auf den zweiten Blick, zumindest heute, in dieser Stunde, die sie mit mir hier verbringen. Was morgen ist, kann keiner wissen, denn für eine stabile Partnerschaft über einen längeren Zeitraum hinweg sammeln sich bei den meisten Menschen zu viele unerfüllte Erwartungen an. Das beste Beispiel dafür sind Tom und ich. Hoppla, aber ich stelle fest, der Gedanke daran tut fast nicht mehr weh. Keine voreiligen erleichterten Seufzer, bitte – *fast* nicht mehr weh, habe ich gesagt.

Kurze Zeit später werden die beiden süßen jungen Leute von einem Paar in den Fünfzigern abgelöst, das mir mit strenger Miene und Predigertonfall die Nachteile von Online-Dating auflistet. Sie sind der Meinung, *sie* mehr, *er* weniger, dass sich im Internet nur die Verzweifelten sammeln und vorschnell aneinander binden, aus Angst, den Rest ihres Lebens allein zu bleiben. Oder um auf einfachem Weg einen Sexpartner zu finden – sagt *sie* mit verständnislosem Kopfschütteln, stimmt *er* mit gespielter Empörung zu, während ein Hoffnungsfunke in seinen Augen aufglimmt. Jedenfalls kommt es mir so vor. Ebenfalls scheint mir, im Bett geht bei den beiden nicht gerade die Post ab. Kennengelernt hat sich das Paar vor drei Jahren beim Schwimmen. Meiner Einschätzung nach werden sie mit ihrer Beziehung auch bald baden gehen.

Nach den beiden Treffen packe ich zusammen, bezahle und verlasse das Café, um mich zu Hause auf meine Geburtstagsparty vorzubereiten. Ich stelle mich noch mal unter die Dusche, weil ich bei den für den Herbstbeginn ungewöhnlich hohen Temperaturen tagsüber mehr geschwitzt habe, als meine Nase für gut befindet. Genussvoll seife ich meine Luxuskurven mit Lavendelschaum ein und genieße beim Abbrausen das kühle Wasser im Gesicht und auf der Haut. Nach dem Abtrocknen schlüpfe ich das erste Mal seit etwa einem halben Jahr wieder in Dessous.

Ich hülle meinen Körper in einen blumigen Duft und in ein farbenfrohes Folklorekleid, bürste mein schwarzes Kurzhaar glänzend, schlinge mir ein hellbraunes Lederband um den Kopf, steige in bequeme Ballerinas und verlasse gut gelaunt die Wohnung. Ich sehe aus wie ein Hippie, rieche wie ein ganzer Rosengarten und fühle mich so attraktiv wie schon lange nicht mehr. Ich habe mich nie auf meine inneren Werte reduzieren lassen – jeder Mensch, der behauptet, bei sich und anderen nicht ebenso auf die Äußerlichkeiten zu achten, lügt.

Als ich leicht verspätet das »Stephanos« betrete, werde ich vom Restaurantbesitzer höchstpersönlich begrüßt, beglückwünscht und ins gemütliche Hinterzimmer des Lokals geführt, wo meine Leute komplett versammelt sind und mich erwarten. Sie freuen sich offenbar, mich zu sehen, und kurz plagt mich das schlechte Gewissen, dass ich sie nach der Trennung von (der Gedanke lässt sich jetzt leider nicht verhindern) Tom so vernachlässigt habe. Schon eine Stunde und eine große Pizza später ist es, als hätte es die letzten vier Wochen und meinen Rückzug nie gegeben. Nach zwei Gläsern Sekt schmieden wir lustige Pläne für die Zukunft in unterschiedlichen Konstellationen. Es folgen drei Schnäpse, die in mir die berechtigte Sorge aufkommen lassen, nicht mehr nach Hause zu finden. Dank Heidis liebevoller Fürsorge und der von ihr bestellten drei Gläser Wasser werde ich wieder halbwegs nüchtern und kann den Abend weiterhin in vollen Zügen genießen. Auf diesen Erfolg trinke ich … ein großes, kühles helles Bier.

Auf dem daraufhin unvermeidlichen Weg zu den Sanitäranlagen schlingere ich angeheitert um eine Ecke und laufe plötzlich gegen eine harte Brust. Sie gehört zu einem stämmigen Kerl, der mich mit starken Armen abfängt. Ich blicke nach einem gekieksten »Tschuldigung« mit vom Alkohol einzementiertem Grinsen nach oben und sehe, nachdem ich den leichten Schleier vor meinen Augen weggezwinkert habe, Sandro vor mir stehen. Natürlich, die Nummer, die ich gestern für die Essensbestellung gewählt habe, befand sich auf dem Flyer des »Stephanos«!

Er sagt »Hoppla« und lacht, ich strahle ebenfalls und versuche, an ihm vorbei zu hauchen, damit er von meiner Fahne nicht mitten ins Gesicht getroffen wird. Danach mache ich mich eilig aus dem Staub und versuche auf dem WC während der Rückführung der konsumierten Getränke in den Wasserkreiskreislauf, nicht an den Knackarsch zu denken. Ist aufgrund des Schnaps- und Bierkonsums und des daraus resultierenden Kurzzeitgedächtnisses kein Problem. Ich weine ein bisschen, in Erinnerung an den letzten Geburtstag, als meine Welt noch heil war, über das Ende meiner Beziehung und aufgrund der alkoholbedingten Schwermut.

Als sämtliche Flüssigkeit aus meinem Körper gewichen ist (jedenfalls fühlt es sich so an), wasche ich mir die

Hände und verlasse die Toilette, nicht ohne mich vorher zu vergewissern, dass die Luft rein ist.

An meinen Platz im Freundeskreis zurückgekehrt, werde ich aufgefordert, endlich die vielen Geschenke zu öffnen, die ich an diesem Abend erhalten habe. Ein hoher, wippender Berg bunter Päckchen neigt sich mir entgegen, als mein Knie beim Hinsetzen versehentlich gegen das Tischbein stößt. Ich greife mir das oberste, beginne mit dem Auspacken und finde die üblichen Verdächtigen vor: Duschgels, Parfüms, Kerzen, Sprüche-Büchlein, Kalender und so weiter. Das letzte Geschenk ist ein Kuvert. Ich öffne es mit den schlimmsten Befürchtungen und besten Hoffnungen zugleich – vermutlich ein Gutschein für irgendeine gesellige Aktion, den man aufgrund von »Zeitmangel« nie einlöst – oder ein paar Tickets für ein cooles Rockkonzert? Ich glaub, mich trifft der Schlag! Es ist eine Stunde Lachyoga und ich bin für morgen verbindlich angemeldet. Sara und Johannes versichern mir rasch, dass ich mich bei Mowgli Maharaschi nicht nur in besten Händen, sondern auch im Kreis Gleichgesinnter befinden werde – na, juhu –, da es sich um eine Gruppenveranstaltung handelt. Lachen mit Fremden ohne Anlass – wollte ich immer schon einmal machen. Sie nicht?

Denk nicht so laut, würde Tom jetzt sagen, der sich stets darüber amüsiert hat, dass man mir genau ansieht, was in meinem Kopf vorgeht.

Ich glaube, meine Freunde haben mir aufgrund der wochenlangen Kontaktabstinenz eine unorthodoxe

Beschäftigungstherapie verordnet, um mich für die Verweigerung der Maßnahmen zu Wiederherstellung meines seelischen Gleichgewichts durch Gespräche mit ihnen zu bestrafen. Als ich in die erwartungsvoll dreinblickenden Mienen um mich herum schaue, in welchen hier und dort ein Grinsen hängt, wird mir klar, dass ich da jetzt durchmuss. Ich nicke also unter großem Gejohle und bestelle mir noch ein Bier.

Gegen ein Uhr nachts schwanke ich mit drei Taschen voller Geschenke heimwärts und freue mich auf mein Bett. In meinem Kopf rumoren die Sorgen, morgen nicht arbeitsfähig zu sein und abends mit ein paar Spaßvögeln auf das Kommando eines lustigen indischen Yogis lachen zu müssen.

Mit leichtem Pochen im Schläfenbereich und einem sauren Brennen in der Speiseröhre, das nichts Gutes verheißt, entledige ich mich zu Hause der Klamotten und schlüpfe in meinen Pandabär-Pyjama. Ich einige mich im inneren Monolog mit mir darauf, dass einmal pro Monat nicht Zähne putzen abends völlig okay ist, und trotte zufrieden Richtung Schlafzimmer, als mich die Klingel jäh abbremst. Ächzend leite ich ein Wendemanöver ein und öffne die Tür: Eine Flasche steht vor mir beziehungsweise wird mir entgegengestreckt – darin Sekt und dahinter … Sandro!

TAG 25:

AUF DER SUCHE NACH DEM INNEREN KIND

Freitagmorgen. Und zum Glück wieder nüchtern. Ein bisschen kann ich noch liegen bleiben. Ich kneife beim Gähnen die Lider zusammen, strecke mich und bin froh, dass sich der Kater in Grenzen hält. Da fällt mir schlagartig ein, dass ich nachts Besuch bekommen habe. Mit weiterhin geschlossenen Augen und einem Anflug von Panik lasse ich mit einer schlaffen Armbewegung den Handrücken aufs Kissen neben mir fallen und spüre zum Glück nur weichen Stoff auf der Haut. Wäre dort jemand gelegen, hätte die Person meine Fingerknöchel auf die Nase bekommen. Zur Sicherheit linse ich neben mich und blicke mit großer Erleichterung auf die leere Betthälfte. Ich unterdrücke ein Kichern mit Potenzial zum hysterischen Gelächter, erhebe mich, tappe auf Zehenspitzen aus dem Zimmer und blicke mich vorsichtig um. Doch der Italiener mit den schwarzen Locken und frechem Grinsen ist weder zu sehen noch zu hören, befindet sich auch nicht in Bad oder WC, wie eine Kontrolle ergibt. Ich schleiche mich durch den Flur Richtung Küche und schiebe den Kopf bis zum unteren Wimpernkranz um die Ecke, um ihn im Fall des Falles rasch wieder zurückziehen zu können, doch dieser Raum ist ebenfalls leer. Auf dem Tisch finde ich einen Zettel mit einer Nachricht, geschrieben mit großen schwungvollen Buchstaben: *Falls dir heute die Erinnerung fehlt – wir haben uns nur geküsst, mehr ist nicht passiert. Du hast mir von Tobi erzählt, ein bisschen geweint und wolltest dich dann niederlegen. Ich habe dich ins Schlafzimmer gebracht und bin anschließend gegangen. Bis bald, ich melde mich! Sandro (falls du nicht mehr weißt, wen du gestern in die Wohnung gelassen hast)*

Angestrengt versuche ich, die Ereignisse am Abend zuvor zu rekapitulieren. Was ist passiert, nachdem ich die Flasche geöffnet und mit Sandro auf meinen Geburtstag angestoßen habe? Vor dem inneren Auge läuft ein Film ab, der aussieht und klingt, als würde er unter Wasser abgespielt – mit verschwommenen Bildern und gedämpften Geräuschen. Ich sehe uns einander zuprosten, höre das Klirren der Gläser, dann fehlen ein paar Szenen und plötzlich knutschen wir. Dabei fällt mir peinlich berührt auf, dass ich den Italiener beinahe auffresse, während er sich eher zurückhält. Angeekelt von mir selbst fliehe ins Badezimmer und bürste mir die Zunge mit Zahnpasta ab, woraufhin ich mich fast ins Waschbecken übergebe.

Stöhnend steige ich unter die Dusche, um die Nacht abzuwaschen und den heutigen Arbeitstag halbwegs würdevoll zu beginnen. Während das warme Wasser auf meinen Körper prasselt, drücke ich wieder auf Play und versuche, den Film weiter abzuspielen. Doch außer einem Flimmern kann ich nichts erkennen und neben dem prickelnden Geschmack von süßem Sekt hat offenbar kein einziges weiteres Andenken an die vergangenen Stunden Platz.

Dafür funktioniert die Erinnerung vorwärts blendend: Abends steht Lachyoga auf dem Programm – ich wollte, es wäre schon morgen. Aber auf Kommando losbrüllen ist immer noch besser als sich auf Befehl aneinanderzureiben, wie das auf sogenannten Kuschelpartys der Fall ist. Zum Glück habe ich zum Geburtstag keine Einladung *dafür* erhalten, obwohl meine Freunde garantiert der Meinung sind, mir fehle es ein bisschen an Zärtlichkeit. So eine aufoktroyierte Schmusestunde wäre ein weitaus größerer Horror für mich und alle Beteiligten, da ich mich schlicht weigern würde, hochprivaten Körperkontakt mit Fremden zu haben. Selbst Bekannte lasse ich nicht allzu häufig in meine feinstoffliche Privatsphäre vordringen, wenn ich sie nicht ausgesprochen gernhabe. Davon kann Tom ein trauriges Lied singen, dessen Mutter ich bis zuletzt nicht umarmen konnte – oder besser gesagt: wollte – im Gegensatz zu meinem ehemaligen Schwiegervater in spe, das »liebe Peterchen«. Sie erinnern sich? Wenn ich an die Schreckschraube denke, empfinde ich angesichts des Lachyoga-Abends fast so etwas wie Vorfreude.

Auf dem Weg in die Redaktion fällt mir beim Anblick eines Kindes, das stolz zwei vermutlich soeben im Spielwarenladen erbettelte Plastikbälle an die Brust presst, auf, dass ich schon lange nicht mehr an Fabienne gedacht habe. Interessanterweise fühle ich mich in diesem Moment nicht, als hätte man mir ein Loch ins Herz gestanzt, sondern nur unfassbar genervt.

Zwei Stunden später treffe ich an meinem Arbeitsplatz ein und werde sofort ins Büro des Chefs gerufen. Gregor überreicht mir stumm und mit neutraler Miene ein flaches Päckchen, in dem ich mein Geburtstagsgeschenk vermute. Aus drei Lagen rosafarbenen Seidenpapiers schäle ich mit Bedacht ein Kuvert, das ich behutsam öffne – jeden Moment damit rechnend, dass mir irgendetwas Ekelhaftes entgegenfällt. Doch zu meinem Erstaunen befindet sich in dem Umschlag eine Karte mit der Aufschrift »Diese Mäuse sind nicht für die Katz«, in der sich die offizielle Bestätigung einer Lohnerhöhung befindet. Ich bedanke mich überschwänglich, auch wenn ich mir die nächste Gehaltsstufe ohnehin längst verdient habe – das weiß ich und das weiß Gregor.

Nach einem Mittagessen mit Mary, die gestern nicht bei meiner Party war und mich dafür heute auf einen Shrimps-Cocktail eingeladen hat, mache ich mich an die Arbeit.

Ich treffe mich mit einem Pärchen, er 78, sie fünf Jahre jünger, das ich für meine Dating-Story interviewen werde. Renate und Walter haben sich auf einem Flirtportal im Internet kennengelernt und sind seit drei Jahren verheiratet. Sie erzählen mir von der anfänglichen Skepsis ihrer Tochter und Enkelkinder, die sich damals nicht vorstellen konnten, dass Beziehungsanbahnung zwischen Oldies online funktioniert.

Im Anschluss an dieses nette Gespräch sitze ich mit einem anderen älteren Herrn und seiner Lebensgefährtin zusammen, die sich – ganz oldschool – erstmals auf einer Tanzveranstaltung im Seniorenzentrum trafen und sich ineinander verliebten. Die beiden wollen mir nicht ihr Alter verraten, scheinen aber deutlich über achtzig zu sein. Friedrich und Renate sind liebenswert, wenngleich auch sehr altmodisch, da sie das Internet für Teufelswerk halten. Sie vertreten die Meinung, dass Beziehungen, begonnen in einer virtuellen Welt, nicht echt sind und kein Jahr halten.

Am Wochenende werde ich alles zusammenschreiben, nehme ich mir vor, und den Artikel über die Vor- und Nachteile von Online-Dating finalisieren, damit Gregor ihn am Montag auf dem Tisch hat beziehungsweise im virtuellen Posteingang vorfindet.

Nach den Interviews schleppe ich meinen Körper nach Hause und habe beim Gehen das Gefühl, ich beuge mich so weit nach vorne, dass die Handrücken auf dem Boden schleifen. Die letzte Nacht steckt mir in den Knochen, von der ich nicht einmal genau weiß, wie ich sie verbracht habe, zudem nagt der Hunger an meiner Substanz.

Zu Hause angekommen, nehme ich nach einem Abendessen ohne nennenswerte Kohlenhydrate die Beschreibung für die mir bevorstehende Folter zur Hand. Darauf steht geschrieben: *Es ist nicht notwendig, dass du gerne und viel lachst. Unsere Anweisung lautet daher: Fake it til you make it, or continue deceiving = Tu so, als ob, bis du es hinkriegst … oder täusch es weiterhin vor!* Das erinnert mich an Sex mit Tom.

Ich lese weiter: *Lachyoga ist ideal für all jene, die ihr »inneres Kind« mit dem Wunsch nach Unbeschwertheit wiederentdecken wollen. Diese Form des Yogas hat zum Ziel, grundlose und künstliche Heiterkeitsausbrüche in echtes, herzliches Lachen zu verwandeln, was in Form von gruppendynamischen pantomimischen Übungen mit spielerischen Elementen erreicht werden soll. Durch das letztendlich entstehende echte Lachen werden die Menschen in einen Zustand kindlicher Verspieltheit versetzt. Die Gelotologen (Lachforscher, die ebenso anerkannt sind wie Glücksforscher) wissen heute, dass dabei unter anderem entzündungshemmende und schmerzstillende Substanzen freigesetzt und Stresshormone abgebaut werden, sich außerdem die Atmung verbessert und der Sauerstoffgehalt im Gehirn sich erhöht.*

Inneres Kind – was halten Sie davon?

Der Widerwille dampft mir aus jeder Pore, während ich mich für das Erlebnis »Spaß auf Kommando« fertig mache und mir dabei ein wenig Freundlichkeit ins Gesicht schminke.

Eine halbe Stunde später treffe ich Gaia, so nennt sich die Vorturnerin, und den Rest der Gruppe in dem Saal eines Ärztecenters, in dem diversen Privatunternehmern Räume für ihre Vorträge oder andere Veranstaltungen zur Verfügung gestellt werden. Die junge Frau, eine Yogini, ist in Vertretung von Mowgli Maharaschi erschienen, der momentan in Indien weilt und dort ein neues spiritistisches Zentrum errichtet.

Nach einer kurzen einleitenden Vorstellung, in welcher Plattitüden im Sinne von »Wer täglich mindestens fünfzehn Minuten lang lacht, bleibt länger gesund« und »Positives Denken macht glücklich und frei« strapaziert und beklatscht werden, beginnen wir mit den Übungen.

Zu Beginn sollen wir Tiere imitieren, also wie Hühner gackern, wie Stiere schnauben, wie Affen kreischen und so weiter; natürlich alles mit dazugehöriger Körpersprache und so fröhlich wie möglich. Ich verwandle mich also in ein Huhn, doch gerade als ich beseelt gackernd Körner vom Boden aufpicke, kollidiere ich mit einem schreienden Gorilla und werde gleich darauf von einem schnaufenden Rindvieh attackiert. Ich lande auf meinem Hinterteil und beschließe, von Huhn auf Löwe umzusatteln, um den beiden Männern, die mich gerammt haben, die Leviten zu brüllen. Urplötzlich finde ich die Situation jetzt doch sehr komisch, drifte in dem unvorhergesehenen

Heiterkeitsrausch schwankend nach links, remple den Affen an und wiehere lauthals los wie ein Pferd. Da im Moment sonst niemand lacht, drossle ich die Lautstärke, konzentriere mich wieder auf das Tier in mir und fauche mich Tatzen schwingend durch den Saal. Die Szenerie erinnert an eine Party in der Irrenanstalt.

Nach etwa fünfzehn Minuten wird die tierische Übung beendet und wir erhalten die Anweisung, mit einem imaginären Handy am Ohr durch den Raum zu gehen und mit einem unsichtbaren Gesprächspartner zu scherzen und zu lachen. Ich halte also den Daumen an mein Ohr und spreize den kleinen Finger ab, marschiere los und erzähle meinem nicht vorhandenen Kumpel einen schweinischen Witz, über den ich dann doch nur maximal schmunzeln kann, da ich ihn schon kenne. Worüber um alles in der Welt soll ich mich jetzt amüsieren? Ich verlege mich aufs Beobachten der anderen Personen im Raum, doch den Anblick der Selbstgespräche führenden Menschen finde ich nicht besonders erheiternd.

Endlich dürfen wir auflegen und sollen anschließend Nikolaus spielen. Dazu umfassen wir unsere imaginierte Wampe und lachen aus der Tiefe des Körpers ein sattes »Ho, ho, ho«. Dabei gehen wir herum und schubsen den dicken Bauch auf und ab, sodass er ordentlich wackelt. Das sieht nur bei den Männern lustig aus, deren Plauzen tatsächlich hüpfen – und die haben auch den meisten Spaß bei dieser Übung.

Als Nächstes zeigt uns Gaia die Übung »Mäher-Lachen«: Wir versuchen, einen unsichtbaren altersschwachen Rasenschneider zum Laufen zu bringen, was erst beim fünften Mal gelingt. Wenn die Kraxe endlich anspringt, zischen wir, darüber vor Freude laut lachend, durch den Raum, das ratternde Gerät vor uns herschiebend. Ich stelle mir dazu sommerliche Affenhitze und Stechmücken vor, die ihren Rüssel in meine verschwitzte Haut bohren, und finde das überhaupt nicht komisch.

Nach dem Rasenmähen erklärt uns die Vertreterin von Mowgli Maharaschi, dass wir uns jetzt gefälligst wohler und freier zu fühlen haben als zu Beginn unserer Stunde und diese positive Grundstimmung mit nach Hause nehmen sollen. Abschließend stimmen wir zum Abschied den Schlachtruf aller Lachyogis auf der ganzen weiten Welt an: »Ho, ho, ha, ha, ha, ho, ho, ha, ha, ha!«

Sollte ich jemals wieder in Erwägung ziehen, einer solchen oder ähnlichen Veranstaltung beizuwohnen: Bitte erschießen Sie mich auf der Stelle!

Und meinen Freunden muss ich demnächst einen Vortrag über sinnvolle Geschenke halten.

TAG 26:

Auf der Suche nach dem Endorphin

Nachdem mein inneres Kind das Lachyoga gestern eher zum Weinen gefunden hat, beschließe ich, heute nach einem Endorphin Ausschau zu halten, bestenfalls entdecke ich dabei sogar gleich mehrere davon. Mary hat mir dringend geraten, Fortuna etwas auf die Sprünge zu helfen, damit ich endlich wieder zu ihrer fröhlichen Freundin werde, die sie seit Wochen schmerzlich vermisst. Und was in den USA 1776 von Präsident Thomas Jefferson in der Unabhängigkeitserklärung verankert wurde, nämlich das Recht jedes Menschen auf Glück, steht doch auch mir zu. Oder nicht? Als Gefühl der Ekstase mit dem Wunsch nach Bestehen oder Wiederkehr noch nicht künstlich herstellbar, kann man in Zusammenarbeit mit der Hirnanhangdrüse dem freudenspendenden Gemütszustand zumindest auf die Sprünge helfen, und zwar mit der Produktion von Endorphinen. Diese Hormone wirken auf vorübergehend niedergeschlagene – nicht jedoch auf grundsätzlich schwermütige oder gar depressive – Personen euphorisierend, ähnlich wie ein körperfremdes Rauschmittel. Sie lindern nicht nur physische Qualen, sondern sind auch Balsam für die geschundene Psyche und »streicheln die Seele«. Allerdings werden Endorphine nur dann ausgeschüttet, wenn wir sie locken, und das ist nicht so einfach. Männer haben es etwas leichter, die produzieren die natürlichen Opioide bereits in dem Moment, in dem sie an Sex denken – leider sind wir Frauen feinmaschiger gehäkelt.

Mein Entschluss an diesem bewölkten Samstagmorgen steht fest: Ich werde mich auf die Suche nach meiner inneren Droge machen und hoffe, dabei mindestens auf ein Endorphin zu stoßen. Eine Suchmaschine im Internet wird befragt und gibt zuverlässig Auskunft – ich hätte mich auch von Alexa belehren lassen können, werde meine virtuelle Freundin heute aber einmal ausschlafen lassen.

Gleich darauf lese ich: Beim Geschlechtsverkehr werden die meisten Glückshormone ausgeschüttet – das lässt für mich den glaubhaften Rückschluss zu, in der Nacht von Donnerstag auf Freitag keinen mit Sandro gehabt zu haben. Ich kann mir jedoch vorstellen, dass dies bei Frauen nur gelingt, wenn der Mann weiß, was er tut – und das ist eher selten der Fall – und er nicht nur scharf, sondern einem auch zumindest ein bisschen sympathisch ist. Somit muss ich davon ausgehen, dass beim Sex nur hin und wieder ein Endorphin die Drüse verlässt, dieser daher kein Garant für dauereuphorische Zustände ist. Umso besser, dann muss ich mich deshalb nicht in ein erotisches Abenteuer stürzen – dass ich das trotzdem bald tun werde, weiß ich in diesem Moment noch nicht. Und Sie auch nicht, sonst würden Sie mich ja vorwarnen, oder?

Die Sonne ruft ebenfalls einen Glücksrausch hervor – mittlerweile regnet es aber, wie ich bei einem kurzen Blick aus dem Fenster feststelle.

Auch gutes Essen soll selig machen. Ich denke, es macht in erster Linie satt. Und mich persönlich berauscht ein Glas Wein mehr als eine Mahlzeit, nur will ich heute endlich einmal nüchtern bleiben. Darüber hinaus bin ich auf Ernährungsumstellung, wie Sie wissen, weshalb ich diesen Punkt zu vernachlässigen gedenke. Dafür springt mir die nächste Empfehlung ins Auge: Frei nach dem Motto »Man muss sich auch etwas gönnen können« werde ich diesen Versuch wagen: Schokolade macht uns froh, heißt es.

Das Experiment kann sofort beginnen, ich habe für Notfälle immer einen lila Riesen im Haus. Beim Öffnen der Packung verlässt das erste Endorphin mein Gehirn, da mich die Vorfreude auf einen gemütlichen Fernsehtag mit der süßen Nascherei packt. Diese verflüchtigt sich wieder, als ich nachlese, dass man etwa zwanzig Kilo Schokolade essen müsste, um einen tatsächlichen Rauscheffekt zu erzielen. Aber eine eingebildete Euphorie ist allemal drin. Zwei Stunden und ein paar Folgen meiner Lieblingsserie später fühle ich mich eher übergewichtig als glücklich.

Auch beim Sport – der mir jetzt nicht schaden würde – sprudeln angeblich die Endorphine. Speziell bei extremen Herausforderungen wie einem Bungee-Sprung sollen die Hormone nur so aus der Drüse geschleudert werden. Nun, einen Sprung in den Tod plane ich heute sicher nicht und auch die Aussicht darauf macht mich nicht glücklich, höchstens panisch. Ich gehe lieber joggen und fühle dabei tatsächlich ein gewisses Wohlbefinden in mir aufsteigen, auch wenn ich nach einem halben Kilometer aus allen Löchern pfeife wie ein Dudelsack und rasch wieder nach Hause zurückkehre: nass und desillusioniert in Bezug auf meine Kondition.

Zeit mit Leuten verbringen, die man gernhat, soll das Gehirn ebenfalls zur Produktion der körpereigenen Glücksdroge animieren. Und ich gebe zu, dass ich in diesen Situationen immer sehr ausgelassen bin. Aber habe ich ein Glücksempfinden? Ich glaube, dazu gehört mehr als Wohlfühlen, Kurzweile und Fröhlichkeit.

Auch ein Unfall oder eine Verletzung regt neben der Adrenalin- angeblich auch die Endorphin-Ausschüttung an, weil die Hormone dem Körper nach dem Schock dabei helfen, Schmerzen nicht wahrzunehmen und die Psyche gegen Reizüberflutung zu schützen. Da ich, nur um das auszutesten, nicht vor ein Auto laufen möchte, muss ich mir etwas anderes überlegen. Ha, ich weiß: Ich werde meine Zunge in eine Chilisoße mit etwas höherem Schärfegrad, als ich es gewohnt bin, stecken. Blöde Idee, finden Sie? Tja, ich gebe nun einmal alles für die Wissenschaft … und ein Glücksgefühl, sei es noch so kurz und hart erkämpft.

Ich gehe gleich im Jogginganzug, in dem ich seit den frühen Morgenstunden stecke, zur

Würstchenbude meines Vertrauens gleich bei mir um die Ecke. Peppi, der Mann am Bratrost, fragt mich, ob ich jetzt völlig verblödet sei, als ich ihn darum bitte, mir ein bisschen Höllensaft zu servieren. Kopfschüttelnd drückt er mir ein Glas Milch in die eine und einen Löffel mit einem Klecks »Teufelssoße Nr. 8« in die andere Hand. Tapfer lecke ich den roten Dip ab, was sofort ein heftiges Brennen im Mund auslöst und mir Tränen in die Augen treibt. Ich habe das Gefühl, als würden winzige Tierchen mit spitzen Zähnen meine Schleimhaut auffressen. Und wo bitte sind jetzt die Endorphine? Ich entscheide mich dafür, nicht auf sie zu warten, und schütte die Milch in mich hinein, was nur wenig Linderung bringt. Aber: Ich bin echt glücklich darüber, dieses Experiment überlebt, ohne dabei meine Geschmacksnerven auf Dauer eingebüßt zu haben.

Etwas demoralisiert mache ich mich auf den Heimweg. Was ich Ihnen noch gestehen muss: Ich habe vor einer Stunde einen Freund von mir gebeten, mich auf meinem Weg zur Würstchenbude unvorbereitet aus einem Gebüsch heraus anzuspringen, da Angst, Stress oder Schrecken einen regelrechten Endorphinschub auslösen soll. Bis jetzt ist nichts passiert und ehrlich gesagt habe ich meinen Wunsch längst vergessen – ich befürchte, das Chili hat ein paar Gehirnzellen abgetötet. Hoffentlich nur solche mit weniger wichtigen Informationen. Ich bin außerdem so fertig, dass es mich sogar kaltließe, würde mir ein Marsmensch von hinten auf die Schulter tippen.

Während ich um die Ecke zurück nach Hause gehe und mich die typischen Wohnhausanlagengerüche und leises Rasensprenger-Getucker einlullen und in trügerischer Sicherheit wiegen, springt Bernhard hinter einem Baum hervor und schreit »Buh«. Mein Kumpel amüsiert sich königlich über meine weit aufgerissenen Augen und den von mir ausgestoßenen mädchenhaften Quieker und ich versuche herauszufinden, ob ich außer einer vorübergehenden Mordlust irgendetwas anderes verspüre. Nein, da ist nichts, rein gar nichts.

Eine letzte Chance habe ich noch: Ich soll mitkommen zu Bernhards Schwester, die vor ein paar Wochen entbunden hat. Er schwört, das Lächeln eines Babys mache glücklich, auch wenn es sich nicht um das eigene Kind handelt. Jungtiere streicheln ebenfalls, denke ich, behalte diese Meinung aber für mich.

Da Bianca nur einen halben Kilometer von mir entfernt wohnt, machen wir uns auf den Weg. Die junge Frau öffnet mit verquollenen Augen die Tür und sieht weiß Gott nicht glücklich aus – aber der erste Eindruck täuscht oft, sagt man. Sie winkt uns mit erschöpfter Miene ins

Wohnzimmer und stakst lethargisch auf eine Wiege zu, nachdem ihr Bernhard die Sachlage kurz erörtert hat. Aus dem Kinderbett dringen Laute, die nicht nur so laut sind wie eine Kreissäge, sondern auch so nervig. Skeptisch beobachte ich, wie Bianca den Schreihals hochhebt, und hoffe inständig, ihn nicht halten zu müssen. Doch sie drückt mir das Bündel, das den Geruch eines frisch gedüngten Ackers verströmt, mit einem fast bösen Lächeln und den Worten: »Ich hol schnell die Wickelsachen« in die Arme. Ich rümpfe die Nase und versuche zu eruieren, was daran, einen kleinen schreienden Menschen zu beäugen, glücklich machen soll – es sei denn, es wäre das eigene Kind.

Bernhard greift rasch nach seinem Neffen und schaukelt ihn beruhigend in seinen Armen. Nach etwa einer Minute verstummt das Gekreische. Ich glaube, so glücklich, wie in diesem Moment die zurückkehrende Bianca aussieht, werde ich in meinem ganzen Leben nicht mehr.

»Schau, schnell!«, reißt mich mein Freund kurz darauf aus den bösen Gedanken und deutet mit dem Kopf in Richtung des Babys. Der kleine Junge grinst, wobei sich seine Mundwinkel kaum heben, nur ein Schnabel entsteht und die Augen treten leicht aus den Höhlen. Offenbar ist das normal, da niemand auch nur ein Wort über die Grimasse verliert. Der Säugling, der nun auch seitlich auszurinnen beginnt und Bernhards T-Shirt mit einem Gemisch aus Speichel und vermutlich Muttermilch befeuchtet, gluckst fröhlich. Gerade als ich im Geist eine Ausrede formuliere, die mir einen sofortigen Aufbruch erlaubt hätte, läutet mein Handy. Erleichtert und mit entschuldigendem Schulterzucken erhebe ich mich, um das kleine Kind nicht zu verstrahlen, und nehme das Gespräch erst in sicherer Entfernung an.

Mary informiert mich darüber, dass wir am Abend fortgehen und sie keine Widerrede duldet.

Ich lächle entschuldigend in die Runde, murmle ein »Okay« ins Telefon und verabschiede mich gleich darauf mit der Begründung, wegen eines häuslichen Notfalls heimkehren zu müssen.

Ganz falsch ist das nicht, wie ich rund eine Stunde nach dem Anruf meiner Freundin feststellen werde – die Misere lauert im Schlafzimmerschrank und macht sich in einem Mangel an passablen Ausgehklamotten, die mich nicht aussehen lassen wie eine Knackwurst mit Hang zu Fesselspielen, bemerkbar.

Wie ich das Problem löse, kann ich mir später überlegen – meine Gedanken gelten zuvor noch … nein, nicht Tom … verdammt …, sondern den Glücksgefühlen.

Davon abgesehen, dass alle Theorie grau ist, befürchte ich, zu anspruchsvoll zu sein und dass ich mir die Suche nach dem Endorphin hätte sparen können.

TAG 26/27:

LIEBER AUBERGINEFARBENE LACKSTIEFELCHEN

Während ich mich für den Abend mit Mary fertig mache, stelle ich fest, dass ich mich trotz des Mangels an tollen Outfits das erste Mal seit rund einem Monat auf eine bestmögliche Außenwirkung konzentriere. Zugleich wird mir bewusst, dass ich wieder einmal ein Abenteuer erleben möchte und nichts gegen einen emotional belanglosen One-Night-Stand einzuwenden hätte. Gut müsste der Sex natürlich schon sein, wenn ich wollte, dass mein Körper vergisst und seine letzte Erinnerung nicht die an Tom bliebe.

Männer sind in dieser Hinsicht leichter zufriedenzustellen, die können jederzeit mit einer schmutzigen Socke Geschlechtsverkehr haben und sich darüber freuen, dass sie hinterher nicht kuscheln, Probleme wälzen oder ihre Kreditkarte zücken müssen. Zudem können sie ihre Partnerin, selbst wenn diese keine Lust und daher

Kopfschmerzen hat, mit Schmeicheleien, Komplimenten oder Versprechungen zum Sex überreden, zumindest zu einem Quickie. Schreiten hingegen Frauen zur Zwangsrekrutierung, kommt es mitunter zu herben Enttäuschungen – da folgt selbst auf Schmeicheleien, Komplimente oder Versprechungen keine Besserung des laschen Zustands, was die Lust in Frust verwandelt.

In meine Gedanken hinein läutet das Telefon. Wahrscheinlich Mary, die wissen will, wann sie mich abholen soll. Doch als ich auf das Display schaue, ist darauf eine mir unbekannte Nummer zu sehen.

»Hallo?«

Es meldet sich Sandro, der sich mit lächelnder Stimme erkundigt, wie es mir geht.

»Gut!«, behaupte ich – und stelle fest, dass es stimmt.

Und jetzt? Was soll ich sagen? Was würden Sie mir raten?

Doch der Knackarsch kommt mir zuvor: »Das freut mich. Hast du Lust, heute mit mir essen zu gehen? Ich habe frei.«

Tut mir leid, ich gehe mit einer Freundin auf Aufriss und plane, nicht allein nach Hause zu kommen, nach dem Schließen meiner Wohnungstüre über einen Mann herzufallen und hemmungslosen Sex zu haben.

»Tut mir leid, meine Oma liegt mit einem Hüftbruch im Krankenhaus. Sie ist leicht dement und ich muss hinfahren und sie daran hindern, den jungen Pflegern ständig an den Hintern zu fassen.«

Sie denken jetzt: Was ist das denn für eine Ausrede? Aber genau das ist passiert, bevor meine Großmutter vor zwei Jahren das Zeitliche gesegnet hat.

Sandros Lachen perlt in mein Ohr und verursacht ein leichtes Kribbeln in den Zehenspitzen. »Soll ich dich begleiten?«

Mir bleibt die Spucke weg. Nicht einmal Tom war mit mir im Krankenhaus, obwohl wir eine Beziehung hatten und er meine Oma kannte. Und dieser Pizzabote mit den schwarzen Locken will mit mir mitgehen, um eine alte Frau davon abzuhalten, junge Männer sexuell zu belästigen? Oder glaubt er mir meine Geschichte nicht und stellt mich auf die Probe? Was denken Sie?

»Nein, danke, vielleicht ein andermal.« Was rede ich denn da? Ein andermal kann es aus mehreren Gründen nicht geben: erstens, weil meine Großmutter längst zu Staub zerfallen und biologisch abgebaut worden ist; zweitens, weil ich den frechen Italiener nicht wiederzusehen gedenke; drittens, weil …

»Okay, natürlich, gerne. Dann wünsche ich dir viel Spaß! Ich melde mich wieder«, sagt er und legt auf.

Ratlos starre ich auf mein Handy. Viel Spaß? Wobei? Ob er mich durchschaut hat?

In meiner Hand vibriert es. Mein Telefon, das erneut läutet.

»Ich bin in einer Stunde bei dir!«, zwitschert Mary. »Mach dich hübsch, wir wollen heute ein paar gute Typen heißmachen!« Und sie dann im eigenen Saft schmoren lassen, ergänzte ich in Gedanken, denn die Lust auf einen One-Night-Stand ist mir aus irgendeinem Grund vergangen.

Trotzdem freue ich mich auf unseren Damenabend, an dem auf Teufel komm raus geflirtet werden wird. Denn auch wenn die Männer das Feuer erfunden haben – ich vermute jedoch, es waren Steinzeitweiblein mit einer Aversion gegen kalte, feuchte Höhlen und rohes Mammutfleisch –, können wir Frauen besser damit spielen und es bei Kerlen zum Einsatz bringen, die wie benzingetränkte Lappen lodern, wenn sie unverbindlichen Sex wittern.

Experimentierfreudig und meine ausladenden Kurven ignorierend, schlüpfe ich in ein peinlich kurzes Kleid und greife zu einem ganz speziellen Parfüm, das ein synthetisch hergestelltes Aphrodisiakum enthält und Paarungsbereitschaft signalisieren soll.

Sowohl den billigen Fummel wie auch das teure, angeblich mit Pheromonen versetzte Duftwasser habe ich mir kurz nach der Trennung von Tom in einem Wutanfall inklusive kindischer Rachegedanken gekauft. Es gibt keinen besseren Abend als den heutigen, um die verführerische Wirkung beider Dinge zu testen. Ich besprühe meine dank des knappen Kleides großflächig textilfreie Haut mit dem Lockstoff – natürlich extrem vorsichtig, denn ich will schließlich keine Männertrauben an mir hängen haben.

Er duftet undefinierbar, aber ein wenig penetrant, sodass mir fast schwindelig wird, als ich in die cremefarbenen Lackschuhe schlüpfe. Ich greife nach meiner Tasche und verlasse rasch die Wohnung, bevor ich es mir anders überlegen kann und mich umziehe.

Im Treppenhaus begrüßt mich Mary mit Küsschen rechts und Küsschen links. Sie mustert mich seltsam und sagt dann: »Du riechst heute aber komisch … nach alter Oma … irgendwie abgestanden.« Na gut, meine Freundin ist ja auch eine Frau, bei ihr soll es nicht wirken. »Und das Kleid … Bist du sicher, dass …«

»Ja, bin ich!«, unterbreche ich sie mit einem Sphinxlächeln, das meine Unsicherheit überspielen soll. Da muss ich jetzt durch.

Eine halbe Stunde später sitzen wir in einer netten kleinen Bar – es ist nicht das *Einhorn*, da habe ich noch immer Lokalverbot –, plaudern und halten nebenbei Ausschau nach potenziellen Flirtkandidaten. Meine Freundin macht mich immer wieder auf ein paar fesche Typen aufmerksam; zum Beispiel auf den großen gut aussehenden Blonden, der neben seinen Kumpels am Bartresen lehnt und schon zweimal zu mir herübergesehen hat. Ich reagiere nicht darauf, weil dieser Mann einfach zu perfekt aussieht. Mir gefallen Kerle mit einem kleinen Makel als Alleinstellungsmerkmal, das sie einzigartig macht.

Doch der Knabe lässt sich von meiner abweisenden Miene nicht abschrecken und steuert kurze Zeit später mit drei Getränken in den Händen auf uns zu, setzt sich mit einem »Darf ich?« an den Tisch und stellt eines der beiden Gläser unter meinem Gesicht ab. Das andere platziert er vor Mary, die sofort danach greift und uns zuprostet. Während mir der scharfe Geruch eines harten Getränks in die Nase steigt, beginnt der Schönling zu reden, und zehn Minuten später kennen meine Freundin und ich Saschas halbe Lebensgeschichte. Der große Blonde scheint schwer von Begriff zu sein oder derzeit keinerlei sexuelles Interesse zu haben, denn auf den Flirt meiner Freundin steigt er nicht ein. Er erzählt weiter und weiter, langweilt uns mit seinen alltäglichen Problemen, bestellt zwischendurch drei Johnnie Walker und unternimmt nicht den geringsten Annäherungsversuch. Während wir Mädels nur mehr an unseren Gläsern nippen, wird der blonde Sascha recht schnell betrunken, er spricht mit schwerer Zunge und beginnt, leicht zu schielen. Nein, er gefällt mir trotzdem nicht, falls Sie jetzt denken, sein Sprach- oder Sehfehler könnte attraktiv auf mich wirken.

Mary wird übermütig und erlaubt sich einen Spaß mit dem armen Kerl. Sie legt mit kokettem Wimpernklimpern eine Hand auf sein Knie, woraufhin sich der Blonde am Whisky verschluckt und mit den Augen rollt. Na gut, nicht jeder Mann will wie ein Sexobjekt behandelt werden, das ist zu respektieren, aber diese Reaktion ist doch ein wenig übertrieben – noch dazu, weil uns der Arme fast erstickt. Ich klopfe ihm kräftig auf den Rücken, während sich alle Blicke im Lokal uns zuwenden, und hoffe, dass unser Gegenüber jetzt nicht gleich auf den Tisch kotzt.

»Ich glaube, den haben wir kaputt gemacht«, flüstere ich peinlich berührt. Hilfesuchend schaue ich mich um und erblicke in einer Ecke der Bar die Kumpels unseres Patienten, die ich zu uns an den Tisch winke. Sie kommen kichernd wie Schulmädchen aus ihrer Deckung, nehmen ihren Freund in Empfang und bugsieren ihn zurück an den Tresen. Dort bestellen sie ihm ein rotes Getränk, von dem ich hoffe, dass es nicht hochprozentig ist, und tätscheln ihm jovial die Schulter.

Jetzt will ich es aber doch noch wissen, lasse Mary mit einem knappen »Bin gleich wieder da« zurück und schwinge meine Hüften auf die Männergruppe zu. Sascha sieht mich mit glasigen Augen an und hebt erkennend die Mundwinkel, doch ich ignoriere ihn und wende mich an seine Freunde, die relativ klar im Kopf zu sein scheinen.

»Sagt mal«, beginne ich und komme näher, »was haltet ihr von meinem Parfüm?«

Betreten blicken die Männer teils zu Boden, teils in ihr Glas, doch keiner antwortet.

»Ihr könnt es mir ruhig ehrlich sagen«, flehe ich.

»Es riecht wie Klospray«, sagt einer endlich, die anderen nicken zustimmend. »Echt grausig«, fügt er hinzu. Die Frage, ob er sich davon sexuell stimuliert fühlt, kann ich mir vermutlich schenken.

Nach einem Blick auf die Uhr und mit der Ahnung, heute wohl keinen heißen Flirt mehr mit einem noch halbwegs nüchternen Mann starten zu können, gehe ich zurück zu Mary, die verhalten gähnt.

Wieder zu Hause beschließe ich, mir nächste Woche neue Schuhe zu kaufen – im Gedenken an die argentinisch-deutsche Schriftstellerin Esther Vilar, die 1971 bekannt wurde mit ihrem Werk »Der dressierte Mann« und von der die Aussage stammt: »Für eine Frau gibt es wichtigere Dinge als einen Orgasmus, zum Beispiel den Kauf von einem Paar auberginefarbenen Lackstiefelchen.«

Einen lustvollen Höhepunkt habe ich heute Abend sowieso nicht gewollt. Warum nicht? Bin ich etwa immer noch nicht über Tom hinweg?

TAG 27:

Der Zombie und das Arschgesicht

Nach einer vermeintlich traumfreien Nacht wache ich ausgeruht auf und setze mich nach dem Frühstück gleich an den Schreibtisch, um den Artikel fertigzuschreiben. Ich freue mich über den Sonnenschein, die spätsommerlich warme Luft, die durchs offene Fenster in die Wohnung flutet, und über meinen Job, den ich gerne mache – auch am Wochenende. Das Leben ist schön.

Ich fühle mich richtig wohl und habe bis zehn Uhr nicht an Tom gedacht – dafür jetzt, als ich während einer kurzen Pause in der Tageszeitung einen Bericht über einen 26-jährigen Schlafwandler lese, der nachts aufs Dach geklettert und zu Tode gestürzt ist. Die Erinnerung an meinen Ex-Freund, der wie dieser junge Mann an Somnambulismus leidet, leiste ich mir ohne schlechtes Gewissen. Heute bin ich mit einer kleinen Beule auf der Stirn aufgewacht und fürchte, dass ich ebenfalls hin und wieder nicht genau weiß, was ich tue, während ich eigentlich im Bett liegen sollte. Aber zurück zu Tom.

Vor etwa einem Jahr bat er mich eines Tages, ihn bei seinem nächtlichen Zombiewalk durch unsere Wohnung aufzuwecken, weil er wissen wollte, was dann passiert. Ich fragte meinen Freund, ob er sich des Risikos, einen Dachschaden oder einen Herzinfarkt zu erleiden, wenn ich ihn beim Wandeln wecke, bewusst ist. Er meinte, dass er während seiner nächtlichen Spaziergänge schon öfter aus dem Schlaf gerissen wurde, beispielsweise im Urlaub in Bibione, in dem er als 17-Jähriger über den Balkon aus seinem Zimmer in das eines jungen Pärchens nebenan geklettert war. »Damals hätte ich fast mein Leben ausgehaucht – nämlich unter dem 120 Kilo schweren Italiener, der sich auf mich warf, weil er mich für einen Einbrecher hielt.« Nach dieser anschaulichen Erzählung stimme ich zu, ihn während einem seiner nächtlichen Spaziergänge aufzuwecken, sollte ich ihn dabei erwischen – meist schlummerte ich allerdings selig und süß, wenn Tom sich auf Wanderschaft begab.

In Laufe einer unserer Kuschelabende auf dem Sofa schlief er dann bei einem Horrorfilm ein und begann, während Jim im Wald nach seiner auf mysteriöse Weise spurlos verschwundenen Schwester Amy suchte, zu schnarchen wie ein Waschbär mit verlegten Nasennebenhöhlen. Der Darsteller entdeckte währenddessen die Leiche seines von Ästen aufgespießten Kumpels und lief kopflos durch die Dunkelheit. Um den Ausgang vorwegzunehmen: Amy wurde lebendig begraben und hat nicht überlebt. Als der Streifen zu Ende war, drehte ich den Fernseher ab, versuchte, die brutalen Morde in den Nebel des Vergessens zu hüllen, und rollte mich auf dem Stuhl im Wohnzimmer zusammen, um in Toms Nähe zu bleiben – denn vielleicht würde auch er bald kopflos durch die Dunkelheit irren. Kurz darauf schreckte ich hoch, als ich ein ungewohntes Geräusch vernahm, stand auf und ging vor meinem Freund in die Hocke. Im Schein der ins Zimmer leuchtenden Straßenlaterne erkannte ich, dass er sich in regelmäßigen Abständen mit seinem Zeigefinger in den Mund fuhr und diesen mit einem leisen »Plopp« wieder hinausgleiten ließ. Unser Repertoire an seltsamen Begebenheiten während Toms Schlaf war wieder um eine Begebenheit reicher geworden. Erheitert schüttelte ich den Kopf, als er plötzlich zu sprechen begann. Der Mann vor mir murmelte »Schweinehälften« und »dicker Emil«, worauf ich mir keinen Reim machen konnte – in dem Horrorfilm waren weder Schweine noch ein dicker Emil aufgetaucht. Ich fragte nach, wer Emil sei und was es mit den Schweinehälften auf sich habe, und erntete leises Kichern statt einer Antwort. Plötzlich öffnete mein Freund die Augen und starrte mich an, woraufhin ich erschrocken aus der Hocke nach hinten kippte und auf mein Hinterteil fiel. Währenddessen stand Tom auf und marschierte wie ferngesteuert ins Vorzimmer. »Hallo?«, rief ich leise, doch der Zombie reagierte nicht und lief weiter ziellos mit ausdruckslosem Blick herum und ich ihm hinterher – die Situation war ziemlich eigenartig. Nach insgesamt etwa fünf Minuten, in welchen ich den Schlafwandler mehrmals angesprochen hatte, ohne eine Reaktion zu erhalten, reichte es mir – ich packte die gruselige Gestalt an den Schultern und schüttelte sie sachte, während ich ihren Namen rief. Nichts passierte, mein Freund wandelte weiter. Kurz überlegte ich, ob man in diesem Fall, wie bei einer hysterischen Person, einfach einmal kurz und kräftig zuschlagen sollte, verwarf den Gedanken jedoch wieder. Ich stellte mich also vor den auf mich zu Taumelnden, legte ihm eine Hand auf die Brust und stoppte ihn so ab, während ich mit der zweiten Hand nach hinten griff und das Licht anmachte. Gleichzeitig rief ich laut: »Tom, wach auf!« Als hätte man ihm einen Stromschlag verpasst, begann mein Gegenüber zu zucken wie ein Besessener beim Exorzismus, sodass ich es für einen kurzen Moment wirklich mit der Angst zu tun bekam. Doch dann kam er zu sich, sah sich blinzelnd verwirrt um und flüsterte: »Jerry? Warum schleichst du mitten in der Nacht durch die Wohnung? Du hast mich erschreckt.«

Lächelnd nippe ich an meiner zweiten Tasse Kaffee und stelle erstaunt fest: Der müde alte Kummer wird langsam weniger, das Gefühl bei den Rückblenden freundlicher und die Vorfreude auf einen neuen Lebensabschnitt häufiger.

Mein Handy läutet – das wird Gregor sein, der nach meiner Dating-Story fragt. Doch als ich das Gespräch annehme, meldet sich Heidis Bruder Florian, der mich ... man glaubt es kaum ... nach vielen Jahren des nicht mehr Aufeinandertreffens um ein Date bittet. Vermutlich hat ihm meine Freundin von der Trennung erzählt und ihn dazu ermutigt, mich anzurufen. Verlegen stammle ich ein »Ja, gerne« und erinnere mich errötend daran, dass ich einmal sehr verliebt in den jungen Mann gewesen war, bevor er jahrelang rund um den Globus reiste. Mit 27 wurde er sesshaft, hat sich in unsere damalige Clique integriert und wurde für mich zu einem guten Freund, bevor ich Tom kennenlernte und Florian mit Susanna zusammenkam.

Und jetzt stehe ich hier, starre auf das Handydisplay, auf dem die Telefonnummer meines Teenagerschwarms längst verblasst ist, und beginne, mich unbändig auf ein Wiedersehen zu freuen. Wir haben im Telefonat Nägel mit Köpfen gemacht und uns gleich für heute Abend verabredet – im noblen Steakhaus »Farmers« in der City. Ich war noch nie dort und bin gespannt auf die Qualität und Zubereitungsart des Rindes.

Ich rutsche auf Speedy-Gonzales-Socken pfeifend zurück zu dem im Standby-Modus verharrenden Computer und schicke meinem Chef eine halbe Stunde später den fertigen Artikel über die Vor- und Nachteile von Online-Dating aus der Sicht einer Frau. Ich füge eine Mail hinzu, in der ich kundtue, morgen keine Lust auf Büro zu haben und meinen Job von zu Hause aus zu erledigen. Eine halbe Stunde später flattert seine Antwort mit einem lauten »Ping« in meinen Posteingang. Ich solle am Dienstag zur Redaktionssitzung erscheinen – und nicht so tun, als würde ich am Sonntag arbeiten. Smiley.

Ich habe in der Zwischenzeit den zweiten Schweißausbruch hinter mir, weil ich nicht weiß, was ich heute Abend anziehen soll. Um dieses Problem werde ich mich später kümmern, zuerst ist Nerven beruhigen und Do-it-yourself-Schönheitspflege angesagt. Die erste Misere lässt sich mit einem Energy-Drink beseitigen – ja, bei mir hilft das, seit ich nicht mehr rauche –, die zweite erfordert etwas mehr Aufmerksamkeit. Nach dem Duschen mit Rosenblüten-Gel wird der Körper großflächig ordentlich gepeelt und gecremt. Im Gesicht steht Feinarbeit mit Fingerspitzengefühl auf dem Programm. Das Rad der Zeit zurückdrehen und die optischen Spuren des Alterns unsichtbar zu machen, ist eines der elementarsten Bestrebungen der Menschheit … vor allem der weiblichen. Vermutlich haben sich bereits Steinzeitdamen irgendeine grüne Pampe ins Gesicht gerieben, weil dieses danach merklich glatter wirkte – was allerdings nur das Gegenüber bestätigen konnte, da es damals noch keine Spiegel gab. Und wissen Sie was? Diese Prozedur war keineswegs sinnlos: Die in Obst und Gemüse enthaltene Feuchtigkeit füllt tatsächlich die feinen Trockenheitslinien der Haut aus und mindert deren Tiefe um etwa 30 Prozent.

Allerdings nur vorübergehend, doch das genügt mir fürs Erste einmal. Als Freundin einer Biochemikerin, Mimi, weiß ich, dass eine dauerhafte Faltenreduktion auch mit der teuersten Hautcreme nicht möglich ist und die Kosmetikindustrie uns belügt.

Leise singend bereite ich alles für mein »Lifting light« vor und schneide frohgemut eine Gurke in zentimeterdicke Scheiben, um damit den freien Radikalen – die laut »Abnutzungstheorie« der Forschung für den Alterungsprozess im Körper verantwortlich sind – den Kampf anzusagen.

Für die folgende optische Korrektur des biologischen Alters nach unten hin platziere ich die Gurkenräder auf Wangen, Kinn und Stirn und spüre förmlich, wie meine Poren in der feuchten Hitze des Badezimmers unter dem Gemüse aufplatzen wie Popcorn in der Mikrowelle. Zehn Minuten und zehn lackierte Fingernägel später löse ich die Gurkenscheiben ab, die sich matschig im Gesicht festgesaugt haben. Danach schaue ich in den Spiegel und erwarte beim Anblick meines deutlich verjüngten Gesichts ein bisschen Zeitreise-Feeling. Ich sehe eine Frau mit stark geröteter Haut, auf der kleine weiße Kerne kleben. Ein erfolgreiches Gurkenlifting habe ich mir anders vorgestellt. Wobei … ein bisschen praller wirke ich nach dem Bio-Frischekick durchaus, was bei meinem leichten Übergewicht nicht unbedingt einen Vorteil darstellt. Ich denke an Mary, die genauso alt ist wie ich und immer aussieht wie ein polierter Pfirsich, und hadere ein wenig mit dem Schicksal. Dafür hat meine Freundin Tränensäcke und mildert diese – im Freundeskreis ist das ein Tabuthema, aber Ihnen kann ich es ja verraten – mit Hämorrhoidensalbe. Sie hat sich diesen Tipp in einer ihren heiß geliebten Sendungen mit Berichten über Menschen aus der High Society geholt und behauptet, dass das Medikament auch gegen geschwollene Augenpartien hilft. Bei dem Geheimtipp, der früher ausschließlich unter Stars, Models sowie Beauty-Experten kursierte und nur hinter vorgehaltener Hand weitergeflüstert wurde, handelt es sich mittlerweile angeblich längst um ein offenes Geheimnis. Viele Promis geben ungeniert zu, sich die Salbe zur Behandlung von Popo-Donuts ins Gesicht zu schmieren, und schwören auf die fabelhafte Wirkung. Laut Mimi, der Biochemikerin, funktioniert der Trick in Bezug auf die Inhaltsstoffe, da sich nach dem Auftragen der Hämorrhoidensalbe unter den Augen die Blutgefäße verengen und die Haut in der Folge abschwillt. Und deshalb nenne ich Mary manchmal, aber nur, wenn ich sauer auf sie bin und es keiner hört, Arschgesicht.

Nach der Rundumsanierung, die zudem eine faltenauffüllende Farbschicht beinhaltet, sage ich meinem Spiegelbild ganz ehrlich ins Gesicht, dass es mir vorher besser gefallen hat. Ich glaube, so ein bisschen Vintage lässt einen Menschen erst interessant aussehen, weil es vom Leben des Betreffenden erzählt und ihm Qualität verleiht.

Und was jetzt? Zum Abschminken habe ich keine Zeit mehr … Soll ich mich schnell ärgern, damit die dabei entstehenden Furchen mehr scheinbare Bedeutsamkeit in mein Dasein bringen, um mein Gegenüber zu beeindrucken? Da brauche ich nur an Tom zu denken! Wieso klappt das denn nicht? Wie wäre es mit Fabienne? Ha, es funktioniert – ist aber lange nicht mehr so effektiv wie noch vor ein paar Tagen, stelle ich erstaunt fest. Außerdem fühlt sich der Groll nicht mehr an wie ein hektisch flatternder Kolibri, sondern eher wie eine alte, fette Eule.

In einem hellblauen, tief dekolletierten Leinenkleid mit farblich passender Weste und ausreichend Selbstvertrauen starte ich in den Abend mit Florian und blicke mit Zuversicht auf die kommenden Stunden. Alles ist möglich.

TAG 27:

Harry und Sally

Zehn Minuten später sitze ich in dem Restaurant, in dem ich mit Florian verabredet bin, und fühle mich hier so fehl am Platz wie ein Regenwurm auf der Kegelbahn. An mit Kerzen beleuchteten kleinen Tischen sitzen aufwendig gestylte Personen in eleganter Kleidung und sprechen vornehm leise miteinander. Hier werde ich garantiert weder temperamentvoll erzählen noch lauthals lachen, wie ich es in netter Gesellschaft gewohnt bin. Ebenso wenige Chancen rechne ich mir aus, mit einem Damenspitz schmutzige Witze erzählen oder in Erinnerung an Florians und meine Jugend alte Songs anstimmen zu können – so gestaltet sich bei mir häufig das letzte Drittel eines gelungenen Abends. Damit würde ich hier sehr auffallen und mich in etwa so passend benehmen wie ein Clown auf einem Begräbnis.

Ein Kellner mit einem breiten Dauerlächeln vor dem strahlend weißen Gebiss führt mich an den Tisch, den

Florian für uns reserviert hat. Er rückt mir den Stuhl und ich mir den Ausschnitt zurecht, bevor ich mich höflich bedanke und mit kultivierter Zurückhaltung ein Achtel Chardonnay bestellte. Achtelweise trinke ich sonst höchstens Bacardi Rum. Der grünliche Weißwein entpuppt sich als Sauerampfer erster Klasse, was mir nie laut über die Lippen käme – es sei denn, ich hätte ein bisschen zu viel von dem Saft dieser Rabiatperlen intus.

Zappelig warte ich auf die Ankunft meiner Jugendliebe, damit ich mich nicht so allein den neugierigen Blicken, die mir von dem einen oder anderen Gast und Servierkörper zugeworfen werden, ausgeliefert fühle. Saßen in diesem Restaurant niemals Frauen in hellen Leinenkleidern mit tiefem Dekolleté allein an einem Tisch und warteten ungeduldigen Fingertrommelns und zu raschen Trinkens auf ihren Begleiter?

Vom sauren Weißwein sanft umnebelt, bitte ich den Kellner um ein Stück Brot, da mein Magen vernehmlich gegen die Nahrungsmittelabsenz zu protestieren beginnt – immerhin habe ich seit rund sieben Stunden keinen Bissen mehr zu mir genommen. Der gute Mann lächelt mich mitleidig an und stellt mir Minuten später einen ganzen Korb mit reschen Toastscheiben vor die Nase, als würde er befürchten, mich verhungern zu sehen.

Gerade als ich hingebungsvoll kaue, den Mund voller staubtrockener Brösel, betritt Florian das »Farmers« und sieht viel besser aus, als ich ihn in Erinnerung habe. Er ist eindeutig in Schönheit gealtert. Mit einem frechen Grinsen eilt er auf mich zu, während ich krampfhaft versuche, die kratzige Brotmasse in Richtung Speiseröhre zu befördern und gleichzeitig freudig erregt auszusehen. Bevor ich schlucken kann, reißt mich das Bradley-Cooper-Double vom Stuhl hoch und drückt mich an seine breite Brust, während es »Jule … endlich!« in mein Ohr raunt. Ich stoppe die Kaubewegung sofort ab, damit er mich durch sein schwarzes Shirt nicht mahlen spürt, und der Brei schwillt in meinem Mund zur doppelten Größe an. In der Sekunde, in der er mich von sich schiebt, gelingt es mir endlich, den Bissen hinunterzuwürgen. Vor Anstrengung und Aufregung sind mir Tränen in die Augen geschossen, was Florian mit einem »Ich bin auch total glücklich, dich wiederzusehen!« kommentiert. Und *ich* würde jetzt gerne eine Zigarette rauchen. Es stört mich nicht einmal, dass er mich Jule nennt. Vielleicht sollte ich meinen Spitznamen, den ich ausschließlich der Beziehung zu Tom verdanke, ohnehin ablegen.

Meine Jugendliebe nimmt mir gegenüber Platz, was mir die Gelegenheit gibt, den Mann ausgiebig zu mustern: Großartig sieht er aus mit seinen gletscherblauen Augen, dem Dreitagebart, der zerzaust gestylten Frisur und dem verschmitzten Lächeln. Gegen ihn ist mein Ex-Freund bestenfalls ein Ed Sheeran, nur dass er nicht so gut singen kann.

Und jetzt sitze ich hier mit einer wahnsinnig gut aussehenden, wenngleich derzeit nur befreundeten

Vertrauensperson von früher und denke an … ihn und unsere gemeinsame Zeit vor einigen Jahren.

Wir bestellen beim herangeeilten Kellner, dessen Miene sich bei Erscheinen meines Begleiters merklich aufgehellt hat, Steaks, Salat, mehr Brot und mehr Wein.

»Und bei dir so?«, will Florian wissen, nachdem er mir ein paar Highlights aus seinem Leben erzählt hat, die sich sehen lassen können: Weltreise, Ausbildung zum Helikopterpiloten, Beruf Rettungsflieger, soziales Engagement wie Gitarrenkurse in Kinderheimen, viele Reisen wie Tauchen in der Südsee und Bergtouren im Himalaya-Gebiet inklusive Yeti-Sichtung … Hilfe, ich befinde mich in der Gesellschaft eines sexy Gottes in Menschengestalt, der talentiert, abenteuerlustig und großherzig ist.

»Ich … äh …«, stottere ich und krame in meiner Erinnerung verbissen nach halbwegs spannenden Geschichten. Der Rotwein, der süß und samtig schmeckt, schimmert bordeauxrot im Licht der Kerze, während ich das Glas am Stiel nachdenklich hin und her drehe. Dann erzähle ich von meinem Job, seltsamen beruflichen Experimenten und komischen Geschenken meiner Freunde.

»Mein Leben ist sicher weit weniger aufregend als deines«, schließe ich verlegen.

Florian, der sich während meiner Ausführungen schlappgelacht hat, greift über den Tisch nach meiner Hand und schüttelt den Kopf. Dann fragt er unvermittelt: »Und wie sieht es in der Liebe aus?«

»Vor etwa vier Wochen hat sich …« Den konnte ich gerade noch abfangen! »Seit rund einem Monat bin ich wieder Single.«

»Stört es dich, dass mich das freut?«, fragt Florian und sieht mir dabei tief in die Augen. Der Kellner, der das Essen serviert, rettet mich. Ich hätte nicht gewusst, was ich darauf antworten sollte. Sie etwa?

Während ich an der Kuh auf meinem Teller kaue – R.I.P. und danke für dein zartes Fleisch –, überlege ich, ob es echte Freundschaft zwischen Mann und Frau, die nicht miteinander verwandt sind, geben kann. Und das, obwohl mir fast Bradley Cooper gegenübersitzt.

Ich schätze den ein wenig selbstverliebt wirkenden Charmeur neben mir so ein, dass er die meiste Zeit mehrere Eisen im Feuer hat, die er alle stets noch rotglühend schmiedet und danach sofort achtlos beiseitewirft. Er leidet vermutlich unter einem fast zwanghaften Eroberungsdrang in Kombination mit Bindungsunfähigkeit. Damit habe ich jetzt nicht nur ein gängiges Klischee bedient, sondern zugleich mindestens zwei Schubladen geöffnet, in die Florian hineinpasst. Warten Sie, ich mach noch eine dritte auf: Er ist vermutlich großartig im Bett.

Nach dem Essen und einem Verdauungs-Kognac verspüre ich das dringende Bedürfnis, meinem Gesprächspartner meine einstige Liebe zu gestehen. Mag sein, dass es sich dabei um eine sentimentale Folge des warmen Brennens im Magen handelt, verursacht von dem scharfen alkoholischen Getränk. Vielleicht möchte ich aber auch völlig nüchtern endlich etwas abschließen, das so lange Zeit offenblieb.

»Weißt du eigentlich, wie verknallt ich in dich war, bevor du den Erdball umrundet hast?«

Florian sieht mich verwundert an und antwortet: »Nein, davon hatte ich keine Ahnung. Ich dachte, wir sind damals nur Freunde gewesen.«

»Dazu habe ich mich nach deiner Rückkehr durchgerungen. Du hast damals so weltmännisch auf mich gewirkt, dass ich mir neben dir wie eine Landpomeranze vorgekommen bin und mich nie getraut hätte, dir zu sagen, was ich empfinde. Und dann sind Tom und bald darauf Susanna in unsere Leben getreten … Da schien es plötzlich nicht mehr wichtig zu sein.« Ich zucke mit den Schultern, starre in die Kerzenflamme und schwenke geistesabwesend das bauchige Glas mit dem Rest roter Flüssigkeit darin.

Florian versteht die Geste falsch und ordert beim Kellner noch einmal Lambrusco für mich. Anschließend mustert er mich aufmerksam, ohne ein Wort zu sagen. Gerade, als ich verlegen das Thema wechseln will, erklärt er: »Irgendwie habe ich mir das fast gedacht, so wie du mich damals immer angesehen hast. Ich fand dich auch total süß, wollte aber noch etwas erleben, bevor ich eine Beziehung eingehe. Und dich zu verführen und dann abzuhauen, wäre mir falsch vorgekommen. Als ich wieder da war, schien dein Interesse an mir erloschen zu sein, so kam es mir jedenfalls vor. Und jetzt?«

In meinem Kopf rotiert der süße Rotwein, während die Zehen zu kribbeln beginnen. Für einen Moment taucht Sandros Gesicht vor dem inneren Auge auf, doch ich schiebe es mit einer gestisch angedeuteten Wischbewegung beiseite.

Plötzlich verwandelt sich Florian in Casanova höchstpersönlich, versenkt seinen Blick tief in meine Augen und murmelt mit einer um eine Oktave tieferen Stimme: »Sieh dich an … jetzt ist aus dem bezaubernden jungen Mädchen eine hinreißende Frau geworden.«

Ich muss mich zusammenreißen, damit ich nicht zu sabbern beginne bei dem Knochen, den mir dieser Traummann soeben hingeworfen hat … oder weil ich alkoholbedingt die Kontrolle über meine Gesichtsmuskeln verliere. Zugleich kriecht mir die Hitze über die Wangen und andere Körperteile – die Ohren habe ich gemeint, was dachten Sie denn?

Nervös beginne ich zu blinzeln, als Florian im Körper von Bradley Cooper meine Hand an seine Lippen führt und einen zarten Kuss auf die Fingerspitzen haucht. Die Kerzenflamme tanzt in seinen Pupillen, während aus den Lautsprechern »Love ist all around« von Wet Wet Wet schmalzt.

Einerseits turnt mich diese Situation total an, andererseits möchte ich schreien vor Entsetzen über so viel Kitsch. Doch dann beginnt mein Gegenüber zu sprechen und zerstört mit wenigen Worten das wunderschöne Gebilde, das ich mir, Steinchen für Steinchen, in der letzten Stunde aufgebaut habe.

»So wie du mich gerade ansiehst, wär ich schön blöd, wenn ich nicht sofort eine Affäre mit dir starten würde. Aber ich will ehrlich sein, Jule … mehr wird es nie werden. Weil wir uns schon so lange kennen, würde ich dir nie etwas vorspielen oder Liebe heucheln.«

So wie ich ihn gerade ansehe? Heißt das, er denkt, ich bettle um Sex? Und er würde *mir* als alter Freundin nie etwas vorspielen? Und irgendeinem jungen Mädchen, das er kennenlernt und das sich rettungslos in ihn verliebt, bricht er mit seiner Superman-Masche das Herz?

»Mit Susanna hat es damals auch nicht lange gehalten, wenn du dich erinnerst. Ich bin, ehrlich gesagt, nicht so der Beziehungstyp«, fährt er fort, ohne auch nur ansatzweise auf meine Reaktion zu achten, um dabei eventuell vorhandene verletzte Gefühle zu registrieren. Die Wahrheit ist: Dieser Mann interessiert sich nur für sich selbst … was ich empfinde, ist ihm völlig egal. Am liebsten würde ich meine gute Erziehung vergessen und ihn k.o. schlagen, will mich aber nicht benehmen wie eine in ihrer Eitelkeit gekränkte Emanze oder eine von Wolke sieben gebombte Romantikerin.

Ich erhebe mich mit so viel Würde wie möglich und so wenig Schieflage nach drei Gläsern Wein wie machbar und lüfte meinen nicht vorhandenen Hut.

»Adieu, Jugendliebe, du bist es nicht wert, dass ich auch nur einen weiteren Gedanken an dich verschwende. Und als guter Kumpel taugst du nicht, weshalb sich unsere Wege hier und heute für immer trennen.«

Seine Stimme rutscht als Reaktion auf meine Worte wieder eine Oktav nach oben und der Blick, den er mir zuwirft, ist unstet.

»Aber Jule … was habe ich denn Falsches gesagt?«

Verträumt lächelnd werfe ich dem Bradley-Cooper-Verschnitt eine Kusshand zu und verlasse winkend das Restaurant, das meine Konsumation hoffentlich von meinem Date abkassiert und mir nicht die Polizei wegen Zechprellerei auf den Hals hetzt. Ein weiteres Lokalverbot kann ich mir echt nicht leisten.

Im einsetzenden Regen tänzle ich mit leicht erhobenem Kopf nach Hause und denke nicht an Tom. Okay, doch, ich denke an Tom, aber nur, weil er vor vielen Jahren verantwortlich dafür war, dass ich mir Florian aus dem Kopf geschlagen habe. Und dafür muss ich ihm, wie sich heute herausgestellt hat, unendlich dankbar sein.

Danach taucht wieder das Bild von Sandro auf – ich sehe seine blitzenden Augen vor mir, die süßen Grübchen, wenn er mich anlächelt, die dichte schwarze Lockenmähne … und beschließe, mir morgen Abend eine Pizza zu bestellen.

TAG 28:

Betrunkene Japaner

Heute Morgen wache ich mit einem Hänger auf. Was für den Mann kurz vor dem Geschlechtsverkehr in Bezug auf sein bestes Stück eine Katastrophe darstellt, ist für mich – zumindest im Moment – die im Kopf beherbergte Ernüchterung aufgrund *keines* Geschlechtsverkehrs mit meiner Jugendliebe. Aber Florian würde ich nicht einmal bei mir im Bett haben wollen, wenn er das allerletzte männliche Wesen auf Erden wäre … Na gut, dann vielleicht schon. In gewissen Situationen darf man nicht mehr wählerisch sein, meinen Sie nicht auch?

Ich klettere aus dem Bett und visiere mit meinem schlaffen Körper die Küche an, als das Telefon läutet. Hoffentlich nicht mein Chef, der mich zum Arbeiten zwingt, oder der soeben erwähnte Lustkiller. Oder Heidi, die mich zum Date mit ihrem Bruder befragen will. Oder … Schluss mit den Spekulationen, es ist Mary.

»Schatz!«, plärrt sie euphorisch in mein Ohr. »Wir gehen heute mit Oliver und Daniel aus.« Oh Gott, nicht schon wieder eine Kuppelaktion. Auch wenn ich körperlich reif war für neue Erfahrungen und emotional fast über Tom hinweg, heißt das nicht, dass ich jetzt dauernd neue Männer kennenlernen möchte.

Bei Oliver handelt es sich um den Angebeteten meiner Freundin, der sie noch nicht erhört hat und den ich nicht besonders leiden kann. Er hat reiche Eltern und ist versnobt wie ein junger englischer Lord.

»Wer ist Daniel?«, frage ich müde.

»Na, ein Freund von Oliver«, antwortet sie erstaunt, als hätte ich das wissen müssen oder zumindest ahnen können.

»Ach so.« Obwohl ich wenig begeistert bin, erkläre mich mit dem Doppeldate dennoch einverstanden, das um 20 Uhr in der Bar »Doppelhelix« starten soll.

Doch der Tag vor dem Abend ist noch lang und nach dem ersten Muntermacherkaffee beschließe ich, entgegen meiner Ankündigung (ich hatte gehofft, der Abend mit Florian würde länger dauern oder in eine stürmische Nacht übergehen) doch ins Büro zu gehen. Im muss mich ablenken und mit einem neuen Artikel für die nächste Ausgabe beginnen; welchen Inhalts dieser sein soll, werde ich heute bei Gregor erfragen oder ihm dazu Vorschläge unterbreiten.

Eine halbe Stunde später marschiere ich durch die Straßen in Richtung Redaktion – die Sonne bemüht sich nach

Leibeskräften, ein wenig Wärme zu verbreiten, doch die Luft ist kühl und verströmt ein Aroma von feuchtmodrigem Blattwerk. Der Herbst streckt seine knorrigen Finger nach der Natur aus und hat damit begonnen, sie bunt zu bemalen.

An meinem Arbeitsplatz angekommen, schalte ich den PC ein und lese mich durch die E-Mails, die mir geschickt wurden. Es gibt dabei ein paar Geschichten, die mich interessieren, und so schreibe ich mir rasch einige Themen zusammen. Damit stürme ich dann zu meinem Chef und lege ihm die Liste auf den Tisch, murmle »Keine Zeit« und verlasse den Raum ohne weitere Worte. Mir steht heut nicht der Sinn nach einem Gespräch mit meinem Vorgesetzten, bei dem man nie weiß, wohin die Unterhaltung führt – einmal gipfelte unser verbaler Schlagabtausch beispielsweise in einer Grundsatzdiskussion zum Thema Intimpiercing.

Kurz darauf erhalte ich eine Mail mit der Bestätigung zweier vorgeschlagener Themen, weshalb ich nach einer Abmeldung bei Gregor das Büro mittags wieder verlasse.

In einem Anfall von Guter-Samariter-Laune besuche ich meine Eltern in ihrer Spießersiedlung und lasse mich von meiner Mutter pseudo-therapieren. Am Ende der Sitzung erscheint mein Vater und kocht für uns, da seine Ehefrau ein Migräneanfall ereilt hat. Ich helfe ihm beim Schneiden der Zutaten und erzähle ihm von dem Erlebnis mit Florian, woraufhin er kopfschüttelnd mit mir über die Beziehungsabneigung mancher junger Männer lästert. Nach dem Essen legen wir eine alte Schallplatte auf und singen gemeinsam zu Oldies aus den Sechzigerjahren, was meine Mutter erstaunlich schnell von den Kopfschmerzen befreit, sie um Jahre verjüngt und kurzfristig sogar entspannt wirken lässt. Als das letzte Lied auf der Vinylscheibe verklungen ist, richtet sie mit feiner Röte im Gesicht und indignierter Miene ihre Hochsteckfrisur und meint: »Leise jetzt … nicht, dass die Nachbarn glauben, hier leben unzivilisierte Hippies!« Der Stock sitzt also wieder an dem Ort, an dem er sich sonst auch befindet. Mein Vater seufzt leise, lächelt seine Ehefrau gleich darauf versöhnlich an, bereit, weiterhin mit ihr heile Welt zu spielen. Realitätscheck im Elternhaus erfolgreich abgeschlossen.

Im goldenen Licht der langsam untergehenden Sonne spaziere ich wieder nach Hause und beginne, mich ein klein wenig auf die bevorstehende Verabredung zu freuen. Ich habe den Abend zwar mit einer Pizza und später vielleicht mit dem dazugehörigen Boten auf der Couch verbringen wollen, doch aufgeschoben ist nicht aufgehoben – Sandro läuft mir nicht davon. Oder was meinen Sie?

Pünktlich um 20 Uhr betrete ich das Lokal »Doppelhelix« und halte nach meiner Freundin Ausschau. Kurz darauf entdecke ich sie mit ihren beiden Begleitern an einem Vierertisch, den ich augenblicklich ansteuere. Oliver entknotet seine und Marys Finger, steht auf und hält mir seine arrogante Miene samt Wange für einen

Begrüßungskuss entgegen. Der andere Mann erhebt sich ebenfalls, reicht mir die Hand und bricht mir selbige beinahe, als er sie drückt. Ich verkneife mir jede Bemerkung über den Schmerz und lächle ihn tapfer an, während ich mich setze und mir einen ersten Überblick über die Situation verschaffe. Oliver ist noch immer ein Idiot, den hatte Tom auch nie leiden können. Ja, sorry, ein- oder zweimal am Tag wird man sich wohl noch an den Ex-Freund erinnern dürfen – vor allem dann, wenn die Gedanken immer harmloser werden und nichts mehr mit den bluttriefenden Hassfantasien von einst zu tun haben. Der andere Kerl sieht eigentlich ganz nett aus, finde ich: Optisch durchschnittlich, besticht er durch sein sympathisches Auftreten sowie eine nette Ausstrahlung und witzige Art beim Reden.

Schon bald rücken Mary und Oliver ein wenig von uns ab, was Daniel und mich dazu zwingt, uns miteinander zu beschäftigen.

Mein Gegenüber und ich unterhalten uns über seichte Themen und albern ein wenig herum. Er erklärt mir, dass Japaner keinen Alkohol vertragen. Das liege daran, sagt er, dass ihnen ein Enzym fehle, welches für den Abbau von Hochprozentigem verantwortlich sei. »Und«, fährt er fort, »es heißt außerdem, dass sie auf Fragen, Vorschläge oder Bitten nicht mit Ablehnung reagieren und nicht Nein sagen können.«

Daraufhin meint er, meine Freundin habe ihn vorgewarnt, ich würde gerne alles hinterfragen und austesten, bevor ich mir ein Urteil bilde. Mein Ruf eilt mir voraus … wie schön.

Während ich überlege, was das eine mit dem anderen zu tun haben könnte, deutet Daniel auf zwei asiatisch aussehende Jungs, die an der Theke der Bar lehnen und sich ein wenig zu langweilen scheinen.

»Nein!«, kichere ich, weniger, um ihn von seinem Plan abzuhalten, als vielmehr, um nicht ausdrücklich sagen zu müssen: »Traust du dich nie!«

Und da steht Daniel schon auf und holt die beiden jungen Männer aus dem Land der aufgehenden Sonne zu uns, woraufhin sich Mary und Oliver mit erstauntem Blick an einen anderen freien Tisch setzen und uns nicht mehr aus den Augen lassen.

Die beiden perfekt Englisch sprechenden Japaner heißen Takumi und Kenta, stammen aus der Stadt Chiba und sind auf Urlaub in unserem Land. Sie freuen sich total darüber, dass sie von »Eingeborenen« angesprochen wurden, und nicken höflich, als Daniel vier große Bier bestellt. Bald stelle ich fest, dass die Jungs entweder schüchtern oder humorlos sind – während Daniel und ich in schönstem British English blödeln und lachen, ziehen Takumi und Kenta nur ihre Mundwinkel ein kleines Stück nach außen, was so aussieht, als hätte ein Schönheitschirurg beim Liften die Wangenpartien zu stark nach hinten gespannt. Vielleicht sind sie aber auch nur schüchtern, denke ich und versuche, etwas näher auf die beiden jungen Männer einzugehen. Ich frage sie nach ihrer Ausbildung und Familie: Beide arbeiten in der Tourismusbranche, sind Singles und haben große Familien, die sich seit jeher kennen, weshalb Takumi und Kenta schon immer Freunde sind.

Nach dem ersten Bier sind die beiden Asiaten merklich lockerer, die Unterhaltung wird flüssiger, die Körperhaltung entkrampfter und die Mundwinkel heben sich häufiger. Während des zweiten Glases, zu dem die beiden auch nicht Nein sagen, verliert die Aussprache der Japaner zunehmend an Deutlichkeit und verschwinden die englischen Vokabeln immer schneller aus deren Denkfokus. Ich bin auf Mineralwasser umgestiegen, doch Daniel bechert mit den jungen Männern weiter, die sich wacker halten und hoch konzentriert darauf bedacht sind, nicht den Gesprächsfaden zu verlieren. Danach jedoch stoßen die beiden ein nuschelndes »No« aus auf unsere Frage, ob sie ein weiteres Bier trinken wollen, und bitten uns sprachlich gehandicapt, einen Orangensaft für sie zu ordern. Etwa eine halbe Stunde später setzen wir die torkelnden Asiaten in ein Taxi und nennen dem Fahrer die Adresse des Hotels, in dem Takumi und Kenta wohnen. Japaner vertragen in der Tat relativ wenig Alkohol, können aber tadellos »Nein« sagen, wenn es darauf ankommt.

Zurück im Lokal sehe ich zu meinem Erstaunen Tom an der Theke stehen, an seinem Arm eine leicht bekleidete, mit dem Barkeeper flirtende Fabienne. Ich sehe meinem Ex-Freund an, der erkennend die Augenbrauen hebt, und empfinde … eine große Ruhe, die mich überkommt. Nach ein paar Worten in Richtung Daniel trete ich an die beiden heran, lege meine Hand auf Toms Schulter und küsse ihn rechts und links auf die Wangen, was mir einen giftigen Blick der Plastikpuppe an seiner Seite einträgt.

»Es ist alles in Ordnung zwischen dir und mir, wenn du dringend jemanden brauchst, kannst du mich anrufen. Ansonsten belassen wir es bei einer Bekanntschaft, ohne faden Beigeschmack, vielmehr mit einer schönen Erinnerung an frühere Zeiten, wenn dir das recht ist.«

Die Angst im Gesicht meines Ex-Freunds vor einem Eklat weicht großer Erleichterung, seine Züge entspannen sich merklich.

»Ja … natürlich … gerne. Mach es gut. Und du kannst mich ebenso anrufen, wenn du Hilfe benötigst und sonst niemand da ist«, sagt er, worauf er sich einen bitterbösen Blick einhandelt. Ob es heute noch Versöhnungssex gibt? Was denken Sie?

Tja, mich geht das nichts mehr an und es interessiert mich auch nicht.

Fröhlich gehe ich an unseren Tisch zurück, wo Daniel, Oliver und Mary auf mich warten. Wir plaudern noch ein bisschen, danach beschließen wir, aufzubrechen, da Oliver und Daniel um sechs Uhr morgens aus dem Bett müssen.

Nach diesem schönen und lustigen Abend, der ein überraschendes Ende genommen hat, gehe ich beschwingt heimwärts. Eine Mitnahme mit dem Auto habe ich verweigert, denn ich wollte in der frischen Luft die neuen Eindrücke verarbeiten und endgültig mit meinem alten Leben abschließen. Und während ich durch die neblige Stadt schlendere, stelle ich fest, dass ich endlich frei bin.

Ich beginne zu laufen, durchpflüge die durch die Straßen kriechenden wabernden Nebelschwaden und bewundere die Lichtprismen, die der Schein der Straßenlaternen in die von der Feuchtigkeit durchwobene Luft zaubert. Vor meinem Wohnhaus angekommen, halte ich mein Gesicht in den einsetzenden Nieselregen und spüre den Frieden, der von mir Besitz ergreift.

TAG 28:

Akzeptanz der Impulse und Vorfreude

In meiner Wohnung angekommen, habe ich meine Gedanken so weit sortiert, um den Abend Revue passieren zu lassen.

Daniel ist ein netter, witziger Typ, aber mein Herz hat er nicht erobert. Ich vermute, dass es ihm ähnlich geht, jedenfalls hat er nicht so gewirkt, als wolle er mich möglichst rasch wiedersehen. Zum Abschied gab es ein Küschen auf die Wangen und ein lapidares »Bis bald!«. Mary schien enttäuscht gewesen zu sein, dass der Kuppelversuch, wenn schon nicht zu Liebe auf den ersten Blick, nicht einmal zu einer gemeinsamen Nacht geführt hat. Oliver hingegen zeigte sich eher überrascht, weil ich als Sitzengelassene keineswegs auf der Suche nach Bestätigung zu sein schien und nicht – dankbar für ein paar nette Worte und auf der Suche nach Zärtlichkeit – sofort über seinen Kumpel hergefallen war.

Ich stelle fest, es ist erst kurz nach 22 Uhr und ich bin hellwach. Und hungrig! Also beschließe ich, mit der Mission Gewichtsreduktion morgen fortzufahren und das zu tun, was ich mir sowieso für heute Abend vorgenommen habe: eine Pizza bestellen. Nach mehrmaligem Läuten im »Stephanos« hebt eine Frau ab, deren Stimme ich nicht kenne und die mit italienischem Akzent atemlos eine Begrüßung ins Telefon schnauft. Im Lokal scheint Hochbetrieb zu herrschen, im Hintergrund ist neben Eros Ramazzotti lautes Stimmengewirr und das hektische Klappern von Tellern zu hören. Ich frage mich, wie ich jetzt halbwegs würdevoll die Zustellung einer Pizza durch den Boten Sandro verlangen soll.

»Signora, welche unserer Spezialitäten möchten Sie denn?«

»Äh … eine kleine Funghi, bitte … und …«

»Gerne. Und welches Getränk dürften wir Ihnen bringen? Es ist gratis in der Bestellung enthalten.«

»Also dann … Cola Zero bitte! Wäre es …«

»Ihre Adresse, bitte.«

Ich nenne genervt Straße und Hausnummer.

»Geht in Ordnung. Ihre Pizza und das Getränk sind innerhalb der nächsten zwanzig Minuten bei Ihnen.«

»Super. Ich hätte gerne …«

»Ihr Zustellcode lautet A4F8. Bitte merken. Ich hoffe, Sie sind mit unserem Service zufrieden. Bitte empfehlen Sie uns weiter. Guten Appetit und einen schönen Abend. Auf Wiederhören, Signora.«

»Ja … danke … auf Wiederhören.«

Na, das hat ja super geklappt. Zumindest muss ich nicht hungrig zu Bett gehen. Das James-Bond-Kennwort irritiert mich ein wenig. Das ist neu und irgendwie … amerikanisch. Werden gegenwärtig alleinstehende Frauen in ihren Wohnungen von Räubern überfallen, die sich als Pizzaboten tarnten? Hätte man darüber nicht etwas in den Nachrichten gehört?

Das Klingeln lässt mich hochschrecken, ich scheine eingenickt zu sein. Vielleicht esse ich meine kleine Funghi doch erst morgen, denke ich schläfrig, während ich gähnend zur Eingangstür schlurfe. Doch die Müdigkeit ist wie weggeblasen, als ich Sandro erblicke, der mir lächelnd einen nach Tomaten, Käse und Champignons duftenden Karton entgegenhält.

»Geht aufs Haus«, meint er und zwinkert mir zu. »Ich habe Giovanni gebeten, mit mir zu tauschen, damit *ich* dich beliefern kann.«

»Aber woher wusstest …«, beginne ich verwirrt.

»Wir sind alle über Funk verbunden, wie Taxifahrer«, erklärt er schmunzelnd. »Und da ich deine Adresse ja kenne …«

Ich strahle mein Gegenüber an, während mir der Duft einer frischen Pizza in die Nase zieht und mein Magen darauf mit einem Knurren reagiert.

Sandro lacht, legt den Kopf schief und sagt: »Ich würde gerne bleiben, muss aber noch etwa eine Stunde arbeiten.

Heute ist total viel los. Soll ich dann noch vorbeikommen oder musst du früh aufstehen und willst bald schlafen gehen?«

Wenn ich jetzt vorarbeite, überlege ich, kann ich morgen länger schlafen und brauche erst gegen zehn Uhr in der Redaktion erscheinen.

»Ich werde auf dich warten.«

Und dann beugt Sandro sich vor und küsst mich mitten auf den Mund. Er zwinkert mir zu, dreht sich um und läuft mit elastischen Schritten sowie einem »Ciao, bella« auf den Lippen die Treppe hinunter.

Mit einem dämlichen Grinsen im Gesicht als Reaktion auf die Schmetterlinge im Bauch – oder auch in der Vorfreude auf Sex – gehe ich in die Küche und verschlinge die Pizza innerhalb weniger Minuten. Anschließend setze ich mich an den Schreibtisch und fahre den PC hoch, der genauso geschlummert hat wie ich vorhin. Total motiviert recherchiere ich auf verschiedenen Seiten im Internet, um an Informationen zu meinem neuen Artikel über die Vererbung von Phobien zu gelangen. Wollen Sie wissen, unter welchen Angststörungen ich leide, wenn auch nur in geringem Ausmaß im Vergleich zu anderen Menschen? Unter Coulrophobie, vor allem dann, wenn die Clowns einen breiten roten Mund haben, Klaustrophobie, allerdings nur in Kombination mit U-Booten, sowie Aquaphobie, wenn das Wasser tief, dunkel und voller Fische ist. Tom hingegen leidet an einer hysterischen Panik vor

Insekten, die laut summen, pelzig sind oder schnell krabbeln können. Was wir für einen Spaß damit hatten … besser gesagt, *ich*, denn er war eher sauer, als ich ihm einmal eine kleine Stoffspinne aufs Leintuch legte und diese an einem unsichtbaren Faden zu mir zog, als er die Bettdecke zurückschlug. Streiche haben wir uns gegenseitig gern gespielt – unter anderem das werde ich am meisten vermissen. Die Erinnerung tut nicht mehr weh, löst lediglich ein leichtes Ziehen in der Brust aus und wird auch künftig keinen Bogen um Tom machen. Den süßen Schmerz werde ich vermutlich mein ganzes Leben lang verspüren, wenn ich an meinen Ex-Freund denke, da ich diesen Mann von ganzem Herzen geliebt habe – warum also soll dieses Organ plötzlich keinen Impuls mehr aussenden, wenn er mir zwischendurch einmal in den Sinn kommt?

Jetzt aber freue ich mich auf alles, was vor mir liegt, egal ob mit Sandro, einem anderen oder vorläufig gar keinem Typen. Nach 101 Gedanken an Tom habe ich mich mit dem Schicksal versöhnt.

Kurz vor Mitternacht läutet es endlich an der Tür – das weiß ich so genau, weil ich seit zehn Minuten ungeduldig die Computer-Zeitanzeige auf dem rechten unteren Bildschirmrand beobachte.

Der Italiener wirbelt in meine Wohnung und in mein Leben mit einer Selbstverständlichkeit, die mich sprachlos macht – noch erstaunter bin ich über meine Akzeptanz dieses Umstands und unsere Übereinstimmung im Ablauf der Ereignisse.

Nach vielen leidenschaftlichen Küssen gleich an die geschlossene Tür gelehnt, landen wir kurz darauf auf der Couch, fallen beim gegenseitigen Entkleiden runter, bleiben auf dem Boden liegen, kugeln kichernd durchs Wohnzimmer, landen auf dem weichen Teppich vor dem Bücherregal, kuscheln uns eng aneinander, flüstern uns schmeichelnde Worte zu und schlafen miteinander – wild und zärtlich, stürmisch und hinauszögernd, sexy und romantisch, fremd und vertraut zugleich.

»Jerry«, wispert Sandro in mein Ohr, als er mich nach dem Sex mit seinen muskulösen Armen umschlingt.

»Nenn mich Jule«, antworte ich leise und lächle.

– E N D E –

Literaturhinweise

Einige Teile der vorliegenden Lektüre wurden folgenden Werken aus meiner Feder entnommen, die im Laufe meines literarischen Schaffens entstanden:

»*Das Böse Frauen Buch*«, Goldegg Verlag, Wien 2012

»*Warum Schokolade nicht glücklich macht, Schadenfreude aber doch!*«, Goldegg Verlag, Wien 2014

LUZIFER
VERLAG